AF454288

# Entre Poe y Lovecraft

# Entre Poe y Lovecraft

J. C. GONZÁLEZ

Ediciones
Cuentos del bosque oscuro

Entre Poe y Lovecraft
1ª edición - Abril, 2023



ISBN: 978-84-09-50469-5

A mi mujer y a mis hijos,
que toleran mis desvaríos.

# ÍNDICE

# *Prefacio*

Todo escritor está sometido a influencias. El autor puede o no ser consciente de ellas, pero es casi imposible no adoptar formas de construir el pensamiento escrito, de evocar paisajes o de describir situaciones como lo haría alguno de los escritores que más nos han gustado o impactado. Tener esto en cuenta no es una limitación, sino la constatación de nuestra historia como lectores y juntaletras.

En mi caso (en la medida en que pueda llamarme escritor), Poe y Lovecraft son claras influencias. Además, dado que no ejerzo de manera profesional, soy consciente de que mi estilo propio aún está por desarrollar, y por tanto la imitación y la inspiración en dichos autores es incluso más patente.

Sin embargo, en esta obra esa inspiración, esa manera de escribir al estilo de otros autores, ha sido asumida de forma consciente y deliberada. Deseaba escribir unas historias que a la vez sirvieran como homenaje a dos grandes maestros, y que recordaran al lector algunos de sus relatos más célebres. De hecho, algunas de las historias que aquí se incluyen son continuación de aquellos relatos, o se encuentran engarzados en un bastidor común.

Dejo a juicio del lector si he conseguido estimular en él esa evocación de sentimientos, ese estremecimiento, y, por qué no, ese terror cósmico y arcano, que los relatos de Poe y Lovecraft han generado en mi espíritu y en el de muchos otros.

J. C. González
*Neufahrn bei Freising*
*9 de abril de 2023.*

# La maldición Valdemar

## I

Vivimos en un mundo lleno de falacias. La misma realidad física nos engaña mostrándonos cosas que no son, aprovechándose de nuestros limitados sentidos para ocultarnos parte del mundo. Nuestro propio cerebro toma atajos, quizá para evitar interpretar de manera correcta lo que percibimos, o para no provocarnos una conmoción permanente. El mundo, lo que llamamos realidad, no es más que un conjunto de impresiones engañosas de la ínfima parte de lo que el universo nos muestra. Y tal vez deba ser así, pues si apenas entreviéramos lo que se oculta tras ese velo que nos separa de otros mundos, caeríamos en la más terrible de las locuras.

Hace ya quince años de los sucesos que trastocaron mi vida para siempre. El mundo ha cambiado mucho, y más que lo hará. Pero para mí, la realidad en que vivimos dejó de ser lo que había aparentado hasta entonces, para llegar a convertirse en fuente de las pesadillas que me atormentan casi cada noche. Mi amigo Randolph, que estuvo conmigo aquella madrugada, hace ya muchos años que murió, por lo que tiendo a pensar que para él todo el pesar, el dolor, el tormento, ha acabado. Sin embargo, en mi interior tengo miedo por el mundo que él haya llegado a vislumbrar.

Me he decidido a escribir estas páginas, después de tanto tiempo, antes de que mis nervios comiencen a estar demasiado deteriorados como para permanecer tranquilo y sosegado mientras escribo mi historia. Mi enfermedad, diagnosticada hace tres años, ha avanzado en los últimos meses. Los doctores no temen por mi vida, al menos de momento, pero sí creen que dentro de poco tiempo me costará mucho escribir y hacer cualquier tipo de trabajo con las manos. Así que he decidido poner en negro sobre blanco mi historia cuanto antes, ya que sería incapaz de dictársela a otra persona sin perder la razón.

Mi nombre es Howard P. Laurent, y antes de contar lo que ocurrió aquel fatídico día, he de contarles la historia de mi amigo, Randolph Cooper, y remontarme a los tiempos de su bisabuelo, doctor en medicina como él. Todo lo que sé de aquel antepasado y de otros familiares de mi amigo, lo sé por historias que él mismo me contó, y por lo que posteriormente, tras su muerte, he podido averiguar en diversas hemerotecas y archivos.

El doctor Theodore Lowell, bisabuelo por rama paterna de mi amigo, fue un médico que desarrolló su trabajo de servicio a la comunidad en la ciudad de Baltimore, Maryland, a donde se desplazó después de realizar sus estudios en Nueva York. En sus primeros años de estudiante en el University Medical College, denominado New York University College of Medicine años después, vivió en la gran metrópoli. Primero compartió habitación en el Brittany Hall, residencia de estudiantes ubicada en la esquina de la 10ª con Broadway. Tras esa época, y comenzando una colaboración con su mentor, el Dr. Clark Pearson, se trasladó a la residencia de éste en Queens.

Es en esta citada colaboración con su mentor es donde se encuentra parte de la clave de mi historia. Según me confió Randolph, su bisabuelo, siendo aún estudiante de medicina, pero ya ligado académica y profesionalmente al Dr. Pearson, asistió a éste en un asunto bastante oscuro. Cuando mi amigo me contó lo que al punto pasaré a relatarles, recuerdo que mi incredulidad hizo incluso que soltase una carcajada. ¡Bendita ignorancia! Ahora daría lo que fuera por poder evocar estos recuerdos con la misma inocencia.

Según me contó Randolph, el Dr. Pearson, mentor de su bisabuelo, era un apasionado por aquella época del hipnotismo y de su uso con fines tanto terapéuticos como de herramienta de diagnóstico. Pero en su afán por conocer estas técnicas, quiso llevar sus experiencias demasiado lejos. Pronto decidió que había de hipnotizar a una persona in articulo mortis. Su objetivo era determinar si en tales condiciones el paciente ofrecía alguna sensibilidad a la influencia hipnótica, y, en caso afirmativo, si su estado atenuaba o incrementaba esta sensibilidad. Sin embargo, el fin último de tal experimento era comprobar hasta qué punto y por cuánto tiempo el proceso hipnótico sería capaz de retrasar la llegada de la muerte del sujeto.

Las ideas de su mentor cautivaron al bisabuelo de mi amigo, el aún estudiante Theodore Lowell, quien se embarcó en el estudio de aquellas técnicas y en la lectura de todo tipo de tratados que mencionaban experiencias más allá de la muerte. Pronto el Dr. Pearson consiguió encontrar quien sirviera de sujeto para su terrible experimento. Se trataba del Sr. Ernest Valdemar, residente en Harlem, compilador de la Bibliotheca Forensica, y antiguo conocido del doctor. El Sr. Valdemar había sido diagnosticado de tuberculosis poco antes de establecer relación con el Dr. Pearson, y éste consiguió adormecerle en algunas ocasiones, si bien nunca quedaba sometida su voluntad por entero a la hipnosis.

El Dr. Pearson trató el tema con el Sr. Valdemar, y éste accedió a sus peticiones. En efecto, meses después el Dr. Pearson fue avisado por el mismo Sr. Valdemar de que el fin se encontraba cerca. Así que el Dr. Pearson y el joven Lowell se trasladaron hasta la pequeña mansión familiar del Sr. Valdemar en Old Westbury, Long Island, a la cual se había desplazado desde su apartamento en Harlem en sus últimos meses de vida, buscando el aire de campo que podría haberle sido propicio para mejorar de su enfermedad. Allá se encontró con dos colegas, los doctores Fernsby y Dankworth, que habían atendido al Sr. Valdemar durante los últimos años. Le habían conocido como paciente y acabó convirtiéndose en un amigo.

No quiero alargar la historia, aunque habría mucho que decir. Parece ser que cuando el Sr. Valdemar se hallaba al alcance de la Parca fue sometido a hipnosis por el Dr. Pearson. Ese estado de sometimiento a la voluntad del hipnotizador se extendió a la psique del moribundo, aunque no en exclusiva, sino que retrasó de manera notable su muerte. El inductor de aquel estado interrogó en varias ocasiones al enfermo, y en un momento dado una voz cavernosa, que asemejaba apenas la del Sr. Valdemar y parecía venir de todos lados, les contestó que estaba muerto. Aquello produjo una impresión notable en el joven estudiante, que se desvaneció momentáneamente y hubo de ser reanimado por los doctores. Cualquier pregunta posterior a este momento realizada por el Dr. Pearson no produjo más que una breve vibración en la lengua hinchada del anciano, que asomaba tímida desde su boca entreabierta. Los doctores Pearson, Dankworth y Fernsby discutieron durante las horas siguientes acerca de la conveniencia de despertar al paciente de su trance hipnótico, pero llegaron a la conclusión de que nada bueno vendría de ello. Parecía evidente que la hipnosis había detenido la muerte del sujeto, al menos en cierta manera, y que despertarlo sin duda desembocaría en su inmediato fallecimiento.

A partir de ese momento acudieron a visitar al Sr. Valdemar cada día, acompañados de amigos y doctores. El cuerpo era atendido en todo momento por enfermeros, y se mantuvo sin ápice de variación en el mismo estado durante casi siete meses. Todo aquello concluyó de manera dramática cuando al fin acordaron despertarlo. Tras varios intentos infructuosos de influir sobre el estado del paciente, frente a la pregunta acerca de su estado, de nuevo una voz cavernosa retumbó en los oídos de los presentes, suplicando que le durmiese de nuevo o le despertase. Pero, además, les aseguró que estaba muerto. «¡Muerto! ¡Muerto!», clamaba aquella terrible voz de ultratumba. Y en un minuto, aquello que había sido el Sr. Valdemar se descompuso de manera horrible en una masa casi líquida de repugnante, de abominable putrefacción.

El suceso dejó, como se supondrá, una huella indeleble en todos los asistentes. La fuerte impresión que dejó en los doctores Fernsby y Dankworth no les impidió seguir con su carrera profesional, si bien el último se retiraría a los pocos años, víctima de una afección nerviosa. Quien vio su vida más trastocada por estos acontecimientos fue el Dr. Pearson. Se sintió incapaz de volver a ejercer como médico, abrumado por las implicaciones de aquellos acontecimientos, y se volcó de lleno en el estudio de cualquier escrito que tuviese que ver con experiencias más allá de la muerte. Continuó intentando realizar experimentos similares al del Sr. Valdemar, pero ninguno de ellos dio los resultados esperados. En medio de una de estas sesiones el mismo Dr. Pearson encontraría la muerte, debido a un ataque al corazón.

II

El joven Lowell continuó su colaboración con el Dr. Pearson. Sin embargo, años atrás, había celebrado su matrimonio con una joven a la que conoció en una de las pocas fiestas a las que tanto él como Pearson eran invitados por la clase alta neoyorkina. En consecuencia, abandonó Nueva York para instalarse en Baltimore, dado que la familia de su esposa tenía allí algunas propiedades. Desde ese momento, se dedicó a ejercer en calidad de médico personal para las familias acomodadas de la zona, si bien nunca dejó las investigaciones que compartía con su antiguo mentor. Fue a la muerte de éste cuando Lowell se volcó aún más en el estudio de la posibilidad de la vida después de la muerte.

Tras muchos años de estudio, pensó que tenía una idea clara del tipo de fuerzas que habían entrado en juego la noche del fallecimiento del Sr. Valdemar, y creía saber cuál había sido la razón para tan angustioso desenlace. Así que desarrolló una teoría que intentaba dar explicación a aquellos hechos acaecidos durante el experimento. Esta teoría me pareció un desatino, un sinsentido formado en una mente enferma, cuando mi amigo Randolph intentó explicármela. No obstante, ahora no estoy tan seguro de mis propias creencias, y comienzo a plantearme cuánto de verdad puede haber en aquellas absurdas ideas.

Randolph pudo averiguar cuáles eran las especulaciones del Dr. Lowell a través de una serie de cuadernos que el investigador había escrito a mano. Estas notas habían llegado a mi amigo como parte del legado familiar, a través de su abuelo, John Lowell, hijo de Theodore y que seguiría los pasos de su padre en el campo de la medicina, pero sin interés por temas esotéricos; y más tarde de su padre, Joseph Lowell, médico militar caído en tierras francesas a la entrada de Estados Unidos en la Gran Guerra. En aquellos escritos el Dr. Lowell había volcado todos sus pensamientos, sus sospechas, sus dudas y sus más profundos temores. Dispersos entre sus páginas podían verse también una serie de dibujos. Éstos mostraban unas veces una serie de glifos en un idioma arcano, desconocido desde luego para Randolph, agrupados en series que parecían versos, quizá invocaciones o salmos de un culto antiguo. Otras veces los dibujos eran bosquejos que recordaban ciertos diagramas del esoterismo teosófico, o esquemas que relacionaban símbolos alquímicos. Algunos de ellos, con apariencia oriental, posteriormente los relacionaría mi amigo con diagramas rituales del gnosticismo ofita. Lo más interesante desde el punto de vista pragmático, al menos para mí, resultó ser el último cuaderno, el número veintitrés, donde describía sus conclusiones, y narraba sus movimientos en sus últimos días de vida, historia que culminaba con algunas notas añadidas por mi amigo.

Parece ser que el Dr. Lowell no estaba tan intrigado por la precipitada descomposición del cuerpo del Sr. Valdemar, como por cuál habría sido el destino de su alma. También le atormentaba la petición de aquella terrible voz que pareció salir de las entrañas de aquel hombre, mediante la cual el cadáver casi suplicó que le despertasen, o que le volviesen a dormir, antes de bramar que estaba muerto. ¿Por qué era tan importante que el Sr. Valdemar, o su espíritu, no permaneciese en ese trance hipnótico? ¿Qué había de terrible en ese estado, en el que la voluntad del difunto se encontraba ligada, sometida a la voluntad de su hipnotizador?

Las investigaciones del Dr. Lowell le llevaron a formular la siguiente teoría: al morir, en el momento en que fallecemos, se abre una especie de puerta dimensional, por la cual el alma puede trascender al otro mundo, a otra vida. Un mundo desconocido, en una dimensión extraña, oculta. Es el fallecimiento del cuerpo el que abre ese portal, que permanece abierto un tiempo ínfimo, aunque suficiente para que el espíritu del ser humano pueda atravesarlo. Sin embargo, un alma sometida al trance hipnótico establece una ligadura con este mundo que no puede deshacer. Una cosa era cierta: al mantener en trance al cuerpo, dormido, durante tanto tiempo, la putrefacción se detuvo. Aquello había sido como intentar tapar con las manos una grieta en los muros de una enorme presa, que poco a poco va abriéndose y por la que se escapa el agua, cada vez más rápido, cada vez con más fuerza. Era cuestión de tiempo que, al menor cambio en el equilibro de fuerzas y voluntades, el cuerpo colapsase; tanto más rápido cuanto mayor hubiese sido el tiempo tratando de frenar lo inevitable. El fallecimiento del cuerpo implicó en su momento la apertura del portal, pero su colapso llevó a que el portal se cerrase en un instante. Cuando eso se produjo, el alma del Sr. Valdemar aún se encontraba anclada a este mundo, sometida al trance hipnótico, sin poder trascender, atrapada en un limbo interdimensional. Y, quizás, atormentada por permanecer así tanto tiempo.

Para comprobar su teoría, debía investigar si era posible detectar la presencia de algún espíritu, o trazas de energías psíquicas, en la casa donde se habían desarrollado los hechos. Por ello, planeó desplazarse a Nueva York durante unos días, y visitar aquella mansión de Old Westbury. Hacía ya casi veintidós años desde que pisase por última vez aquella antigua y oscura residencia de estilo colonial, el día en que todos los presentes verían sus vidas trastocadas ante lo que vieron sus ojos. Alquiló una habitación en un hotel en Roslyn, pues se encontraba a pocas millas de la casa, y se desplazó allí, dispuesto a investigar un poco acerca de los actuales dueños o inquilinos, y ponerse al día en cuanto a los sucesos en la zona durante los últimos años.

Sus investigaciones en los archivos del distrito le sorprendieron. Sabía que la propiedad, al carecer el Sr. Valdemar de familiares, se vendió poco después de su fallecimiento, cuando Lowell aún vivía en la ciudad con el Dr. Pearson. Pensaba que la familia que adquirió la propiedad seguía viviendo allí a su marcha a Baltimore, siete años después. Pero descubrió que, muy al contrario, la casa estuvo habitada apenas tres años tras la muerte de su anterior propietario, y que se había puesto en venta de la noche a la mañana, precipitadamente. Parecía que los nuevos propietarios tenían bastante prisa por abandonarla. Existían además algunos recortes de noticias breves, aparecidas en noticieros de aquellos años y que se habían guardado junto al expediente de la finca, donde se mencionaban hechos curiosos que parecían haber ocurrido en la casa: ruidos extraños, muebles que se movían, pequeños objetos que habían desaparecido. Pero poca cosa. Desde entonces, la casa había sido visitada una docena de veces por compradores potenciales. Sin embargo, todos ellos habían desistido en último término. La propiedad, de hecho, a día de hoy, continuaba en venta.

Tenía pensado ir a ver la casa al día siguiente. Sin embargo, en el último momento cambió de planes, ya que quería también hacer una visita al viejo Dr. Dankworth. Se encontraba viviendo en su casa de siempre, ya retirado y con una salud muy deteriorada, necesitando asistencia permanente de una enfermera. El Dr. Fernsby hacía ya muchos años que había fallecido.

Al llegar a la casa del anciano, la enfermera le dijo que el Dr. Dankworth casi no hablaba, y que permanecía en silencio y con la mirada perdida casi todo el tiempo. Lowell quiso verle por última vez, y la enfermera le acompañó hasta la salita donde el viejo doctor se encontraba sentado sobre un sillón orejero con una manta a cuadros cubriéndole las piernas. El Dr. Lowell comenzó a hablarle despacio, recordando momentos vividos con los doctores Fernsby y Pearson, rememorando pequeñas anécdotas, evocando recuerdos acerca del viejo hospital donde una vez los cuatro habían coincidido. El viejo doctor permaneció impasible, sin siquiera dirigirle una mirada con aquellos cansados ojos grises.

Al cabo de unos minutos, Lowell se levantó de la silla y le comentó, en pocas palabras, que al día siguiente iría a la vieja mansión Valdemar a echar un vistazo. Al instante, al escuchar aquel nombre, el viejo doctor se volvió, lo miró a los ojos con el rostro lívido, y con un alarido de terror dijo: «¡¡Qué hemos hecho!? ¡¡Qué hemos hecho!?». Visiblemente alterado, continuó gritando aquello, hasta que la enfermera vino, le tomó la mano, y comenzó a calmarle. El Dr. Lowell, perplejo y crispado por la reacción del anciano, apenas dijo adiós y se marchó.

Pasó toda la tarde encerrado en su habitación del hotel, transcribiendo sus hallazgos y experiencias del último par de días a su cuaderno de notas. No podía quitarse de la cabeza la expresión de terror en el rostro del Dr. Dankworth cuando le mencionó la vieja mansión. Tampoco se explicaba qué podía haber ocurrido en la casa para que llevase tanto tiempo cerrada. Decidió no dejar pasar ni un día más sin visitar la propiedad.

A la mañana siguiente, el día amaneció plomizo y con algo de escarcha en los jardines de la zona. Long Island era demasiado frío y húmedo para su gusto, y había cometido el error de traerse solamente un abrigo fino. Así que tras el frugal desayuno decidió pedir un taxi que le llevase hasta la mansión, ya que se encontraba algo destemplado para ir a pie.

Al llegar, le sorprendió ver la situación de la casa. Esperaba, por supuesto, ver el cartel que indicaba que la propiedad estaba en venta, pero le sorprendió el estado de éste, descolorido, desvencijado, como si llevara muchos años allí plantado sin que nadie lo hubiera arreglado o renovado. Sin embargo, lo más significativo, y lo que le produjo un pequeño nudo en el estómago, era el estado de abandono y deterioro que se observaba en los jardines, e incluso en la fachada, a lo lejos. Le fue imposible acercarse a la casa, ya que la verja que rodeaba la finca estaba cerrada y era bastante alta, pero le pareció que aquel lugar llevaba abandonado bastantes años.

La finca estaba completamente rodeada por una verja de forja, y varias calles la separaban del resto de villas de la zona. Así que le dijo al taxista que esperase allí aparcado, y se dispuso a rodear toda la propiedad. La vegetación había crecido densa y sin concierto al lado de la verja, de modo que la casa permanecía oculta a la vista de los viandantes salvo en determinados puntos del perímetro rectangular. Cuando se encontraba de nuevo en la parte frontal, a unas decenas de metros de la puerta principal, encontró un par de barrotes de aquella verja que parecían sujetos a la misma de manera bastante endeble. Se acercó, probó a moverlos, y, en efecto, comprobó que con poco esfuerzo podía apartarlos para abrirse un hueco que permitiera el paso al interior de la propiedad. No obstante, dado que tenía al taxista esperando, y se encontraba a pleno día, pese a lo gris de la mañana, decidió volver al hotel y preparar una incursión más tarde, cuando las sombras le pudieran ocultar de ojos curiosos.

Volvió así pues al hotel, pidió unos sándwiches para tomar un pequeño refrigerio a media mañana en su habitación, y pasó el resto de la tarde allí encerrado, ordenando sus notas y sus pensamientos. Pensaba salir después de cenar, al abrigo de las sombras de la zona, mal iluminada. Pero un aguacero de aquellos que hacen pensar que jamás se volverá a ver el cielo sin nubes le hizo replantearse su aventura nocturna. Así que decidió quedarse después de la cena, leyendo en la pequeña biblioteca del hotel anexa al comedor, acompañado de un licor.

Como se había temido, no dejó de llover en toda la noche. Una noche fría, oscura, silenciosa más allá del sonido de la lluvia golpeteando en los cristales de la ventana. Le costó conciliar el sueño, quizá estimulado en exceso por el licor, y cuando por fin cayó dormido sus sueños fueron pesados, extraños, con espectros imaginados dentro de una casa medio derruida, a la vez que escuchaba cómo un anciano se reía de él a lo lejos, mientras aullaba preguntándole qué había hecho.


## IV


El sol entrando por la ventana despertó al Dr. Lowell a una mañana espléndida. Mantenía su intención de escabullirse entre las sombras de la noche a explorar la vieja propiedad de la familia Valdemar. Puesto que tenía todo el día para sí mismo, decidió acercarse a la Laffey & Bellerose Real State, la compañía que tenía aquella casa en propiedad y que no consiguió venderla en todos esos años, para ver si podía obtener alguna información adicional sobre el estado de la casa y los cotilleos que había leído.

Al llegar allí le hicieron esperar durante unos pocos minutos, pero pronto le atendió el Sr. Knapier, abogado y responsable de la firma en la sucursal de Long Island. Parecía encantado de hablar de la propiedad, de la casa, del terreno. Pronto se dio cuenta Lowell de que el gerente pensaba que estaba tratando con un potencial comprador. Al Sr. Knapier el gesto le cambió por completo cuando le aclaró que su propósito no era comprar la casa, sino recopilar información acerca de la misma, con la esperanza de que arrojase algo de luz sobre ciertos hechos acaecidos hacía muchos años.

Interrogado por las razones que hicieran dejar la casa a sus inquilinos iniciales tras la muerte del Sr. Valdemar, el responsable de la inmobiliaria le indicó que desconocía los motivos, si bien la propiedad había arrastrado consigo desde siempre, o al menos desde aquellos sucesos, el apelativo de embrujada. Voces que se oían en la oscuridad de la noche, lamentos y sollozos, muebles que se movían, luces que se encendían o apagaban sin intervención humana aparente, e incluso susurros al oído de las personas en la casa. Siempre se pensó que todas aquellas experiencias eran en realidad invenciones, conscientes o no, de unas gentes que provenían de la vieja Nueva Orleans, cuna de la tradición vudú y ciudad forjada a partir de cultos esotéricos. Además, no había pruebas fehacientes que corroborasen aquellas historias. Y sin embargo...

El Sr. Knapier calló, y su rostro perdió el color en cuestión de un segundo. Con muchas dificultades consiguió Lowell hacerle hablar. Finalmente, el representante de la inmobiliaria le hizo prometer que después de lo que le iba a contar se marcharía para no volver. Ante la promesa reticente del Dr. Lowell, su interlocutor se levantó, se acercó a mirar por la ventana de su despacho, con las manos atrás y dando la espalda al doctor, y comenzó a contarle la historia que vivió el día en que los últimos propietarios de la casa la pusieron a la venta. Se encontraba tasando la mansión para completar los trámites previos. Había recorrido toda la planta inferior, y se encontraba en el primer piso. Era ya algo tarde, y el sol se encontraba ya muy bajo en el horizonte. Las sombras comenzaban a invadir los rincones, y el más absoluto silencio reinaba en el edificio. Sin saber por qué, se descubrió aguantando la respiración, intentando discernir el menor ruido en la casa. Su corazón comenzó a acelerarse sin saber por qué, y recorrió el pasillo que unía las habitaciones superiores con un andar pausado mientras el entarimado crujía bajo sus pies. Se detuvo frente a la puerta del dormitorio principal, apoyó la mano en el picaporte, y lo giró, empujando la puerta. En cuanto entró en la habitación sintió un aire frío que recorría la estancia, y un aliento helado en la nuca. Y escuchó una voz cavernosa, pero débil, lejana, y difícil de distinguir del ruido de una furiosa ventisca, que decía en un susurro apenas audible: «¡Liberadme, malditos, liberadme!». Desde aquel día, dijo el abogado, no había vuelto a pisar la casa. Cualquier intento de venta posterior fracasó. Pero eso a él ni le extrañaba ni le importaba. Al fin y al cabo, la casa estaba maldita, y, si de él dependiera, permanecería vacía y cerrada hasta que con el tiempo se cayera a pedazos y no quedase de ella ni los cimientos.

El hombre permaneció en silencio largo rato, sin girarse. Pronto dedujo el Dr. Lowell que aquél daba la conversación por concluida, por lo que se levantó de su asiento y, dando las gracias al Sr. Knapier, salió del despacho cerrando la puerta tras de sí. Abandonó la inmobiliaria, y se alejó sumido en oscuras cavilaciones.

Decidido más que nunca a aclarar de una vez por todas las dudas que le atormentaban, salió esa misma noche a escondidas de su hotel en Roslyn dispuesto a hacer a pie las cuatro millas que le separaban de la mansión. Llevaba consigo su abrigo, una linterna y su cuaderno de notas.

Al llegar a la propiedad, se acercó a los barrotes que encontrara el día anterior medio sueltos. Hacía tiempo que el sol se había ocultado por completo, pero aun así se aseguró de que nadie circulaba por la zona. A la luz de las farolas que iluminaban la calle, desplazó ambos barrotes para dejar un amplio hueco por el que pasar con comodidad, y se introdujo en la finca. En aquella parte del cercado la vegetación era abundante, por lo que luchó con multitud de ramas, plantas trepadoras y enredaderas para abrirse paso hasta la zona de hierbas altas. Aquello había sido un amplio campo de césped, bien cortado en sus mejores tiempos; ahora se hallaba dominado por la maleza. Cardos, ortigas y amapolas cubrían toda la pradera hasta la entrada principal. Incluso se pinchó un par de veces con unos arbustos de enebro en su camino hacia la puerta de la casa.

Como sospechaba, la puerta no estaba cerrada con llave. La superstición y el abandono se habían ocupado de espantar a posibles maleantes. Entró empujando la puerta que se abrió con dificultad, al estar la madera ligeramente hinchada por la lluvia y rozar la hoja con el suelo. Una vez dentro, encendió su linterna y exploró sin mucho detenimiento la planta inferior. No quería demorarse más de lo necesario, así que subió al piso superior, despacio, alerta. Sabía que estaba solo, y, sin embargo, se sentía presa de una excitación y un nerviosismo sin explicación, tal vez estimulado por la narración del hombre de la inmobiliaria. Tuvo que recorrer dos veces el pasillo superior hasta que recordó cuál era la habitación donde el Sr. Valdemar había fallecido. Con un temor irracional, se plantó delante de la puerta de aquella estancia, puso la mano en el picaporte, que cedió sin esfuerzo, y se adentró en el dormitorio.

Aunque solo podemos conjeturar, cualquier paseante que hubiera recorrido las cercanías de la mansión a esas horas de la noche seguramente habría escuchado unos terribles aullidos de terror. Al menos eso es lo que se desprendía del aspecto del rostro del Dr. Lowell, que fue encontrado a la mañana siguiente tirado en la calle, a poca distancia de la mansión de la familia del Sr. Valdemar, muerto. Apareció con la ropa rasgada y llena de restos de vegetación, con el aspecto de quien ha estado corriendo por el bosque o por una jungla, y una expresión de locura y angustia en sus ojos. Un infarto había acabado con su vida.

Esta era la historia del Dr. Lowell tal y como él mismo la relataba en aquel cuaderno, junto con las notas añadidas por mi amigo Randolph acerca de las últimas horas de aquél. Mi amigo en su momento me había contado aquella historia, y más tarde pude verificarla al hacerme cargo de todo el material que heredó de su bisabuelo.


V


Randolph me contó también qué fue de la familia del Dr. Lowell tras su muerte. Parece ser que continuaron viviendo en Baltimore. Tanto el hijo del Dr. Lowell, John, como uno de sus nietos, Joseph, cursarían la carrera de medicina. Éste último se alistó en el ejército para luchar en la Gran Guerra, y acabó muriendo en tierras francesas, dejando un hijo de 5 años y una joven esposa, Clare. Ésta, junto con la abuela del niño, Sarah, que enviudaría también poco después, quedaron solas a cargo de una casa demasiado grande y abarrotada de recuerdos. No tardaron mucho en vender la casa familiar y mudarse a otra más recogida para vivir juntas y criar al pequeño, Randolph, que más tarde adoptaría el apellido de su madre.

Randolph Cooper creció en aquel ambiente, sobreprotegido por su madre y su abuela, e impactado por la muerte de su padre siendo él aún pequeño. A ello se sumaría el estímulo causado en su temperamento por las creencias esotéricas de su madre, algo desequilibrada al verse de repente en la tesitura de criar a un hijo sin apenas medios económicos. Quizá por las historias que abuela y madre narraban acerca de su padre y abuelo, se decantó por los estudios de medicina, pero con un espíritu abierto a abrazar cualquier tipo de saber oculto e inclinado a indagar en materias de contenido hermético. Aquella propensión natural de su carácter se acentuó al hallar de pequeño los viejos cuadernos de notas de su bisabuelo. El conjunto de anotaciones, dibujos y diagramas que allí encontró le fascinaron siendo niño, le intrigaron al comenzar sus estudios, y le obsesionaron una vez acabó éstos. Debía decidir su campo de estudio, y se orientó sin dudarlo hacia los conocimientos arcanos. En particular, la posibilidad de la vida tras la muerte.

Fue en la facultad de Medicina, en Nueva York, donde nos conocimos. Yo había acabado ya la carrera, pero aún me encontraba buscando un trabajo que me gustase. La docencia era algo que me atraía, así que tras indagar en los diferentes departamentos conseguí un puesto de ayudante para los laboratorios de primer curso. Ese año, Randolph era alumno de último curso, por lo que en teoría apenas deberíamos habernos cruzado. Sin embargo, a mí me interesaban algunos aspectos de la medicina oriental, que se detallaban en una serie de volúmenes localizados en cierta sección de la biblioteca, aquella reservada para saberes poco ortodoxos y pseudociencias. Y fue husmeando en los pasillos de aquel área de la biblioteca, aspirando el olor de volúmenes rancios, algunos repletos de saberes prohibidos, que conocí a mi amigo.

Randolph no era un tipo raro. Era introvertido, eso es cierto, y hombre de pocas palabras. Pero se convertía en un orador vehemente cuando intentaba explicar los orígenes de algún culto primitivo, o las teorías que alquimistas de siglos atrás habían mantenido sobre el alma, el cuerpo humano, o la vida en este mundo. En esos momentos sus ojos parecían lanzar chispas, y su entusiasmo conseguía atrapar a cualquiera que le escuchase. Y conmigo, al cabo de poco tiempo, comenzó a hacerlo. Solo cuando cesaba el influjo de su discurso y el sonido de su voz, cuando mi cerebro tenía ocasión de reflexionar sobre aquella perorata, entonces me daba cuenta del sinsentido de sus argumentos, de lo poco científicas de las ideas que aquellas palabras transmitían. La mayor parte de las veces le hacía ver que no me sentía convencido por lo que me había estado contando, sin llegar a discutir. Al fin y al cabo, él tenía unas creencias que yo no compartía, pero me parecía un buen tipo y simpatizaba con él.

La Segunda Guerra Mundial nos movilizó. Mi amigo y yo estuvimos destinados en lugares diferentes, por lo que durante unos años perdí el contacto con él. A principios de 1946 volví a Nueva York, ligeramente cojo de una pierna, pero bastante entero por lo demás. Contacté con varios profesores de la facultad en busca de trabajo, y el afable Prof. Porter me tomó como ayudante de laboratorio, al menos hasta que encontrase algo que aumentase mis ingresos. No tenía mucho tiempo, pues el Prof. Porter me confesó que sufría de una enfermedad terminal que le había sido diagnosticada dos años atrás, y debido a la cual le quedaban pocos meses de vida. Lo sentí mucho por él; siempre lo consideré un gran amigo para todos sus alumnos y un magnífico mentor para mí.

Coincidí de nuevo con Randolph en el mismo lugar donde le conocí: en la biblioteca. Me alegré mucho de verlo, y creo que él también se alegró, aunque sería difícil asegurarlo. Estaba mucho más delgado, su pelo había encanecido en gran medida, y tenía unas ojeras considerables. Pero aparentaba buena salud. Esa misma tarde nos fuimos a cenar a uno de nuestros restaurantes favoritos cerca de la facultad.

Yo le conté varias anécdotas de la guerra mientras Randolph escuchaba con poco interés, o eso me pareció. Así que pasé a preguntarle por sus actividades en la actualidad. Fue entonces cuando me dijo que se había embarcado en una investigación de máxima importancia, que era pronto para contarme nada, y que estaba seguro de que sus conclusiones harían temblar los pilares de todo el conocimiento sobre la vida y la muerte. Sentí de inmediato una mezcla de miedo y tristeza, ya que me parecía estar viendo a uno de aquellos hombres que había vuelto de la guerra roto por dentro, entero su cuerpo en apariencia, pero con la mente quebrada. Sin embargo, Randolph comenzó a contarme algunas cosas sobre experiencias más allá de la muerte, documentadas en diversos tratados, que me hicieron dudar de mi diagnóstico. Hablaba y razonaba con gran lucidez, sus argumentos eran incontestables, y si bien el trasfondo de su perorata se me antojaba digno de la más risible de las supercherías, persistía en su discurso una esencia de consistencia que comenzó a intrigarme.

Fue entonces cuando me contó la historia de su bisabuelo, y de cómo sus cuadernos de notas documentaban la horrible muerte del Sr. Valdemar. Me describió cuáles fueron los movimientos del Dr. Lowell antes de su fallecimiento. Incluso me mostró uno de sus cuadernos, que llevaba en un bolsillo interior del gabán, y me describió por encima lo que significaban algunos de los diagramas y dibujos que allí se podían ver.

Tras aquella historia, me expuso la teoría de su antepasado, que tomaba ya como propia. Aquel había sido su sujeto de estudio en las últimas semanas. Para él estaba claro: la antigua mansión de la familia Valdemar estuvo en efecto habitada por un espíritu, el fantasma del mismísimo Sr. Valdemar. Un espíritu que, a la muerte del cuerpo, no había podido escapar a su destino en el inframundo, a seguir sometido al trance hipnótico en el momento de su fallecimiento. Ello quería decir, por supuesto, que aquel espectro aún seguía en la casa, quizá atormentado por tantos años encadenado a un mundo al que no pertenecía.

Yo no daba crédito a lo que escuchaba. Sin embargo, el influjo que siempre había tenido mi amigo sobre mí me hizo, quizá no creerle, aunque sí mantener la mente abierta y estar a la expectativa. Sentía sobre todo curiosidad, aunque el temor se hallaba agazapado en un rincón de mi subconsciente, listo para saltar sobre mí. Le pregunté qué es lo que tenía pensado. Randolph me contó que lo que teníamos que hacer, para corroborar nuestra teoría, y a la vez liberar aquel espíritu abrumado, era ir a la casa y realizar de nuevo una sesión similar a la de hacía casi cien años. Teníamos que hacerlo con una persona también próxima a expirar. Aquello nos permitiría no solo ralentizar lo que quisiéramos la muerte de aquella persona, sino entrar en contacto con el espíritu del Sr. Valdemar. En teoría, justo en el momento de fallecer el cuerpo habíamos de deshacer el trance hipnótico, para que ambas almas, la del Sr. Valdemar y la del sujeto presente, pudiesen trascender, atravesando el portal dimensional invisible que todas las almas habían de traspasar de camino al inframundo.

Mi incredulidad era sin duda visible en mi rostro porque mi amigo dejó de hablar y me dijo que lo olvidase, que era solo una teoría digna de libros polvorientos. Aquello me molestó. Yo me sentía aterrado por la posibilidad de que mi amigo estuviera volviéndose loco. No obstante, a la vez me encontraba intrigado por aquella experiencia. Así que le expresé mi conformidad con aquel experimento, ofreciéndome sin ninguna duda a ayudarle. Es más, le dije, tenía en mente a una persona que podría ayudarnos, aunque sería difícil de convencer. Le conté el caso del Prof. Porter y su enfermedad. Randolph se sintió entusiasmado, a pesar de mis dudas sobre si convenceríamos al profesor. Sin embargo, nos despedimos aquella noche con la idea de que yo intentaría tantearle, a fin de saber si teníamos que buscar o no otro candidato.

Esa noche volví a casa sumido en oscuros pensamientos. A ratos me parecía que todo aquello era una locura, un disparate demencial salido de una mente enferma. Y, sin embargo, me sentía presa de una excitación morbosa acerca de los nuevos conocimientos que podríamos adquirir. Recuerdo que apenas dormí, pero por suerte tenía todo un fin de semana por delante para meditar sobre el tema.

Al lunes siguiente mis dudas persistían, aunque me sentí con el suficiente arrojo moral como para intentar plantearle la situación al Prof. Porter. Recuerdo que estábamos preparando una serie de placas de Petri en el laboratorio, para una sesión de experimentación y observación que tendríamos unos días más tarde con los alumnos, cuando comencé a hablarle de la hipnosis. Al principio el profesor se rió del tema, pero pronto vio que iba en serio. Por supuesto, no le hablé del Sr. Valdemar, ni de su espíritu atormentado, merodeando durante casi cien años la casa donde falleció. Le comenté que un amigo mío quería realizar una serie de experimentos sobre el estado de la consciencia y la evolución de un organismo al borde de la muerte sometido a un trance hipnótico. En esencia, le convencí de que lo que Randolph quería hacer era reproducir el experimento que su bisabuelo había realizado tiempo atrás. Todo ello sin mencionar en ningún caso la experiencia original. El Prof. Porter se quedó muy sorprendido. No obstante, su carácter afable se impuso, y su pragmatismo se hizo más patente que nunca. El profesor estaba ya en paz con Dios, según dijo, y se sentía satisfecho de todo lo que había logrado en su vida. Por supuesto, no deseaba morir, pero si la divina providencia le reservaba tal final, él lo aceptaría de buen grado. Según su experiencia, siguió diciendo, en la naturaleza debían existir más fuerzas de lo que los simples sentidos nos permitían percibir. Así que, si en las horas postreras de su existencia podía ayudar a levantar alguno de los velos que nublan nuestra visión del mundo, si le era posible contribuir en alguna medida a aumentar el conocimiento que se tenía sobre la naturaleza de la muerte, lo haría con gusto.

Por mi parte, quedé impresionado por la entereza con la que el viejo profesor parecía afrontar el fin de sus días. Le agradecí de todo corazón que nos permitiese realizar nuestro experimento, y acordamos discutir los detalles de índole práctica cuando se fuese aproximando su fatídico final.

**VI**

Los meses siguientes fueron tranquilos, llenos de una tibia aunque permanente excitación. Randolph me reveló entonces los cuadernos de notas de su bisabuelo, y juntos desentrañamos algunos de los diagramas más oscuros. Descubrimos cuáles eran las técnicas hipnóticas que el Dr. Pearson había utilizado con el Sr. Valdemar. Esas habilidades le habían servido para inducir el trance hipnóticos tan profundo que antaño le permitió someter a su voluntad a la mente que moraba dentro de un cuerpo que poco a poco se aproximaba a su fin. Ensayamos el uno con el otro muchas de las técnicas utilizadas, junto con algunos alumnos a los que pagábamos unas monedas por servirnos de conejillos de indias.

Teníamos todo preparado, salvo la localización del experimento. Debíamos ir a la casa y preparar la habitación donde habríamos de someter al Prof. Porter al trance hipnótico, y mantenerlo así hasta que se produjese el esperado desenlace. He de confesar que las historias de fantasmas sobre la mansión, en particular la del bisabuelo de Randolph, me habían puesto muy nervioso ante la eventualidad de visitar la casa. Sin embargo, la firmeza y el talante práctico de mi amigo me tranquilizaron hasta pensar en ello como un mero trámite, incómodo por las características del lugar, una casa fría, polvorienta, pero nada más.

Así que un día, tres meses después de nuestro acuerdo con el Prof. Porter, y tras una de sus leves recaídas, que le hicieron abandonar definitivamente sus obligaciones académicas, Randolph y yo entramos en la vieja mansión. A pesar de la seguridad que transmitía mi amigo, le obligué a realizar la expedición a mediodía, con el sol bien alto, en un día radiante. No deseaba tener ninguna experiencia con espíritus una vez hubiese caído la noche. Nos colamos por uno de los numerosos huecos que se habían abierto en la verja por la caída de barrotes. Íbamos bastante cargados con mantas y todo tipo de material, por lo que entramos y salimos de la propiedad varias veces. Dudo que nos viera nadie, pero tampoco era algo que me preocupara. Estaba seguro de que a ninguna persona en su sano juicio se le ocurriría seguirnos. Fue una pesadilla llevar todo el material al interior de la casa, ya que la maleza se había adueñado por completo de la totalidad del terreno de la finca y de parte de los muros de la mansión, y resultaba muy complicado andar sin tropezar. Por fin, con gran esfuerzo, logramos introducir todo dentro de la casa.

Nos sorprendió ver lo limpio que se encontraba el amplio vestíbulo. En algunos rincones se podían ver algunas telarañas, y una tenue capa de polvo lo cubría todo, pero yo esperaba algo más digno de un lugar embrujado y abandonado durante casi un siglo. Casi me sentí decepcionado. Dejamos algunos bultos en la planta baja, y el resto los subimos a la planta superior. Mi amigo inspeccionó rápidamente las habitaciones, y determinó cuál era el dormitorio principal. Por la narración de la experiencia del bisabuelo de Randolph, yo esperaba que al abrir la puerta de aquella habitación nos encontraríamos con un espectro terrible que nos despojaría de nuestra razón y nos condenaría a un a muerte agónica llena de terror. Nada de eso: al entrar en la habitación comprobamos que, a pesar de estar amueblada con un estilo bastante arcaico, se encontraba en buena disposición, aunque casi en total oscuridad por estar todas las ventanas cerradas y ocultas por las gruesas cortinas. Colocamos allí parte del material que habíamos subido, y el resto lo depositamos en sendas habitaciones que nos servirían como lugares de descanso. Tras acondicionar un poco aquellas estancias, y con todo ya preparado en la casa para cuando fuéramos a disponer de ella, nos marchamos de la propiedad.

## VII

Apenas siete semanas más tarde el médico que cuidaba al Prof. Porter me llamó, advirtiéndome de un empeoramiento del enfermo. Me puse de inmediato en contacto con Randolph, y acordamos ir a visitar al profesor esa misma noche, para realizar los preparativos para trasladarle a la mansión a la mañana siguiente.

El profesor estaba tranquilo, pero respiraba con dificultad. Cuando llegamos ya estaba dormido, pues el médico que le cuidaba le había suministrado morfina para aliviar sus dolores. Pasamos la noche allí, recogiendo mantas, ropa para el profesor, material médico y demás enseres que serían necesarios en nuestra estancia en la mansión. Liberamos a la persona que había estado cuidando del enfermo de toda responsabilidad, sin decirle nada de su traslado al día siguiente, y nos sentamos en sendos sillones dispuestos a dormir un rato antes de que amaneciera.

El paciente pasó la noche tranquilo, y se despertó temprano, despejado y con pocos dolores. Se alegró de ver a su antiguo ayudante y a su amigo, y con su buen talante de siempre declaró que estaba listo para realizar un último experimento científico. Así que pedimos un taxi, y nos desplazamos a la vieja mansión. Mi amigo, el día anterior, se había asegurado de que la puerta principal de la verja estuviese lista para ser abierta, y practicó un camino que atravesaba el campo de maleza para que el profesor pudiera llegar a la casa sin mayor problema. Randolph subió con el paciente sin detenerse a la planta superior para que se acostara lo antes posible, ya que llegó muy fatigado por el viaje, mientras yo llevaba el equipaje que habíamos preparado la noche antes. Dejé abajo lo necesario para preparar algo de comida, y subí el resto a la planta de arriba. El profesor ya se hallaba en pijama, y con la ayuda de mi amigo se había echado en la cama. Le encontré jadeante por el esfuerzo. Le dimos un poco de agua y se durmió.

Pasó casi todo el día durmiendo, salvo un rato a primera hora de la tarde para comer un plato de sopa caliente y poco más. No era extraño que hubiese adelgazado tanto como lo había hecho desde la última vez que le vi. Cuando volvió a caer en un profundo sueño, Randolph comenzó a colocar unos aparatos alrededor de la cama. Me dijo que eran contadores de partículas cargadas. Según él, cuando el cuerpo fallecía y se abría el portal interdimensional, aunque éste era totalmente imperceptible para nuestros sentidos, el aire comenzaba a cargarse de electricidad. Esto produciría una ionización de las moléculas de los diferentes gases en la estancia, y estos aparatos comenzarían a emitir sonidos cada vez que uno de esos átomos ionizados fuese detectado. Era una manera indirecta de observar la apertura de ese pasaje oculto entre nuestra realidad y lo que fuera que pudiera hallarse al otro lado. Yo no entendía cómo había conseguido llegar a esa conclusión, pero me tranquilizó la idea de que podríamos saber algo de lo que iba a ocurrir, aunque no pudiéramos verlo.

Estuvimos tres días cuidando del enfermo; pasando el rato leyendo algunos de los libros que mi amigo y yo mismo habíamos traído; mirando por las ventanas, con cuidado de que nadie nos viera; o dejando pasar el tiempo sin más. Las noches fueron tranquilas, demasiado para mi gusto, pues comencé a sospechar que en aquella casa no había ni nunca hubo espíritu o fantasma alguno. Al principio me pareció que el Prof. Porter no estaba tan mal como para que su fin estuviese cerca, pero al cuarto día su salud empeoró notablemente, y temimos que se nos escaparía sin estar preparados para hacer nada. Por suerte lo estabilizamos, y realizamos todos los preparativos. En uno de los breves episodios de lucidez que tuvo el enfermo, confirmamos con él su voluntad de someterse a aquel experimento. El profesor, casi sin poder hablar, respondió de forma afirmativa. Así que mi amigo procedió a colocarse frente a él, y a realizar los pases que había aprendido de las anotaciones de su abuelo y de sus investigaciones independientes. Yo me aparté un par de pasos, sin atreverme a quitar ojo ni a los aparatos de medición ni al semblante del paciente. Éste estaba en la cama, algo incorporado, sin llegar a estar tumbado del todo, para facilitar la sugestión por parte de mi amigo. Tras unos minutos de pases y de susurros por su parte, que parecía estar rezando una letanía más que hablando con el anciano, éste acabó por cerrar los ojos y entreabrir la boca.

Pensé que el profesor había expirado finalmente, pero entonces Randolph le preguntó si le escuchaba, a lo que el enfermo murmuró con palabras vacilantes un: «Sí, le escucho». El corazón comenzó a trotar en mi pecho, y me senté de inmediato en una silla cercana, por miedo a desvanecerme y caer al suelo. El hipnotizador le inquirió por su estado, a lo que el profesor dijo con ese mismo habla pastosa, casi inaudible: «Me estoy muriendo». Decidimos dejarle descansar, mientras comprobábamos de forma periódica sus constantes. Sus latidos y su tensión parecían haberse estabilizado. Permanecimos en ese estado de alerta durante casi cuatro horas. Poco después de caer la noche mi amigo decidió que era hora de seguir con el experimento. Volvió a hacer unos pases delante del profesor, y volvió a preguntarle qué tal estaba. Pasaron un par de minutos sin que se apreciase cambio alguno en la situación del moribundo, tanto que pensamos que, esta vez sí, había fallecido. En ese momento, la puerta del dormitorio se cerró de un portazo. Nos pilló desprevenidos, y ambos dimos un salto de la impresión. Volvimos a mirar al profesor, y descubrimos que su rostro estaba desfigurado por una mueca del más absoluto terror. Continuaba con los ojos cerrados, y apenas se movía, pero el gesto de su cara transmitía en más profundo pavor que una persona pueda presenciar. Estábamos alumbrados por grandes cirios, pues la casa nunca había tenido instalación eléctrica, y éstos comenzaron a vacilar, como si una tenue brisa inundara la habitación. Entonces las llamas disminuyeron mucho de tamaño, aunque sin llegar a apagarse, y, sobre la cama, a un metro por encima del cuerpo del hombre en trance, comenzó a vislumbrarse una ligera nube negra, que giraba e iba creciendo poco a poco hasta convertirse en una entidad de casi dos metros de diámetro. Y fue en ese momento cuando de la boca del Prof. Porter escuchamos una voz cavernosa, con una tesitura y un tono que en nada semejaba la del profesor, que no parecía salir de su garganta sino de abismos de espacio y tiempo, y que decía:

—¡Despertadle! ¡Despertadle!

Randolph, que había quedado petrificado, sin embargo, reaccionó al momento para hacer caso a mandato de aquella voz. Mediante ciertos pases e interpelando al moribundo, consiguió despertarle…, o al menos eso parecía, pues la expresión de la cara se relajó, y su boca pareció moverse. En ese instante, el enfermo abrió los ojos, su expresión volvió al terror más puro, y dirigiéndose a nosotros dijo, con las últimas fuerzas que le quedaban:

—¡Dios mío, es puro dolor, pura rabia, pura muerte! ¡No me dejéis morir aquí, os lo suplico! —Agarró con fuerza la mano de mi amigo, sobre la cama—. ¡No dejará que me vaya! ¡No me dejará! ¡No me dejará!

Repitiendo esto último, consumidas ya las pocas fuerzas que habían mantenido su cuerpo aferrado a un hilo de vida, el profesor cayó hacia atrás, exánime. Un color gris azulado tiñó de inmediato su semblante, y unas profundas ojeras oscuras aparecieron en un segundo. En ese momento, los detectores que Randolph había dispuesto por la habitación comenzaron a sonar con un crepitar extraño, cada vez más rápido. La nube oscura que giraba encima de la cama y que rozaba el techo comenzó a girar a más velocidad. Y fue en ese instante cuando escuchamos una risa demoníaca que sonaba por toda la estancia, y la voz cavernosa que decía, en una voz cada vez más lejana:

—¡Por fin! ¡Por fin!

El sonido de los detectores cesó, el siniestro torbellino oscuro se disipó, las llamas de los cirios volvieron a alumbrar lo acostumbrado, y comprobamos que el profesor estaba muerto sin lugar a dudas. Yo me sentía profundamente impresionado, con aquella voz aún retumbando en mi mente. Pero Randolph se veía satisfecho. Me dijo que habíamos comprobado su teoría, que tenía razón en lo relativo al portal, y que sin duda el Sr. Valdemar había conseguido traspasar el umbral dimensional a la otra vida. Cerró los párpados del profesor, que aún los tenía abiertos, y se sentó en una pequeña butaca. Yo estaba lleno de dudas, las preguntas bullían en mi cabeza, pero lo que más me extrañó fue que nuestro éxito no se reflejase con más vehemencia en el rostro de mi amigo.

Sin embargo, en ese momento ya comenzaba a sospechar que Randolph me había ocultado algo. Pasamos el resto de aquella noche reflexionando, casi sin mediar palabra, sin apenas tocar nada en aquella estancia. Y aunque me desquiciaban las dudas, muy pronto sabría la verdad, aquella que Randolph callaba. La verdad que me atormenta desde aquel día, y que acabó por enloquecerle a él también y llevárselo a la tumba al año siguiente.

Porque el umbral se abrió, sí, y el espíritu enajenado del Sr. Valdemar lo traspasó, hacia un mundo de ultratumba, con quién sabe qué terribles entidades acechando nuestra realidad. Pero sin duda otra alma habita desde entonces la casa. Un alma cándida, llena de bondad, aunque quizá enloqueciendo por momentos, un espíritu que no pudo combatir la ira que le esperaba al filo de la trascendencia. El mismo espíritu que nos dejó el mensaje que descubrimos a la mañana siguiente, garabateado en el polvo sobre el aparador de aquella maldita habitación, y que decía «No me dejéis aquí», con la letra del Prof. Porter.

# El santuario

La humanidad entera está condenada a menos que encontremos la manera de deshacernos del mal que nos acecha. De ese mal que en estos momentos escucho y que poco a poco se acerca. Hace ya horas que he aceptado mi destino. En este cuaderno redactaré lo que han sido mis experiencias en esta cueva maldita. Dudo que nadie lo encuentre, pero si alguien lo hace, ha de saber que el futuro que me aguarda no es el único que está sellado.

Mi nombre es Franz Leitner, y soy catedrático de Paleontología Aplicada en la Universidad de Adelaida. Mi familia es de origen austriaco. Mi abuelo vino a Australia huyendo de la guerra, y se asentó en este gran país lleno de oportunidades. Opa Leitner comenzó a ganarse la vida como limpiabotas, y poco a poco consiguió sacar adelante una familia compuesta por él, mi abuela Dorota, y dos criaturas pequeñas: mi padre Klaus y mi tía Berta. Además, fue capaz de llevar a sus hijos a la escuela, y mi padre incluso pudo estudiar en la universidad. Mi pobre Opa no vería a su hijo fundar el pequeño negocio que trajo a mi familia las comodidades de la clase media, y que aún continúa en marcha; aunque, sin duda alguna, todo se lo debemos a él y a Oma Dorota.

Pero estoy divagando. No hablaré más de mi familia o de mis circunstancias personales. Si alguien encuentra este cuaderno, confío en que sabrá rescatar mi recuerdo y encontrar a mis amigos y seres queridos. Aunque dudo que nadie, tras averiguar lo que ahora yo sé, pueda mantener su ánimo y su mente lejos de las fauces de la locura.

El diecisiete de enero de 2018 mi equipo del departamento de Paleontología y yo llegamos a las cercanías del White Mountains National Park, en Queensland. Había sido un viaje terrible por carretera. Más de veinte horas de viaje durante dos días, descansando un par de veces cada jornada, haciendo noche en un tugurio infecto y comiendo bocadillos fríos de cualquier cosa. Las seis personas que me acompañaban y yo nos distribuímos en tres automóviles todoterreno, que además de a nosotros cargaban con una gran cantidad de material de análisis, ordenadores, tiendas de campaña y provisiones. El objetivo era explorar la Garganta de Gorgo, una de las gargantas que hacían célebre a aquel paraje, y que según nuestros estudios podía albergar restos de la existencia de pletosaurios, los dragones voladores del Cretácico. Además, cerca se encontraba la Gruta de los Penitentes, un extenso sistema de cuevas y túneles, y algunos de mis compañeros, geólogos, deseaban recopilar información sobre ella.

El segundo día hicimos noche en Torrens Creek, un triste cruce de carreteras con dos calles, cuatro casas y un hotel, pero suficiente para descansar antes de adentrarnos en el parque, donde habríamos de pasar una semana entera. Por la mañana tomamos un copioso desayuno, echamos un vistazo a todo el material que llevábamos, para asegurarnos por última vez de que no nos faltaba nada, y nos dirigimos hacia nuestro destino.

Al llegar al complejo de gargantas del parque pudimos constatar que existían evidencias del tremendo terremoto que meses atrás, el 20 de agosto del año pasado, había sido registrado en la zona. Los daños materiales habían sido escasos y no se habían producido daños personales, al ser temporada baja y estar el parque en gran medida impracticable. Pero para los que estábamos acostumbrados a trabajar sobre el terreno y a analizar las paredes de roca de la zona resultaban evidentes las señales que el sismo dejó tras de sí. Confiábamos en que ni la Garganta de Gorgo ni la Gruta de los Penitentes, nuestros objetivos principales, hubieran sufrido demasiados daños. En realidad, para nuestros estudios paleontológicos, un movimiento de tierras podría incluso favorecernos. Por el contrario, nuestros geólogos eran bastante cautos en cuanto a sus expectativas, pues las cuevas y grutas eran sistemas más frágiles ante tales escenarios.

Tras llegar a la garganta y establecer nuestro campamento, pasamos el resto del primer día explorando la zona, y observando una vez más los efectos del terremoto. No había nada destacable, por lo que decidimos que al día siguiente mi ayudante Jonsi, mis estudiantes Palmer y Cynthia, y yo mismo, comenzaríamos un estudio sistemático de ciertas áreas. Mientras tanto, Walter, Rania y Joshua realizarían una exploración preliminar de la Gruta de los Penitentes. Walter era profesor titular de Geología Comparada, y Rania y Joshua sus estudiantes de doctorado. Realizamos un plan de trabajo para los próximos días, preparamos todo el material que íbamos a necesitar, y nos fuimos a descansar.

En medio de la noche nos despertaron los gritos de Cynthia. Gritaba que había visto una figura dentro de la tienda, que se acercaba, y que continuó aproximándose a ella a pesar de sus gritos, y que solo cuando Rania, su compañera de tienda, se despertó, desapareció en un instante. Intentamos convencerla de que todo era parte de una pesadilla por muy real que pudiera parecer, aunque ella se mostró aterrada y escéptica. La entrada a la tienda estaba cerrada con una cremallera por dentro, que además estaba asegurada al suelo, así que nada, ni un ratón de campo, podría haber entrado. Cynthia era la más impresionable de todos nosotros, y además era la primera vez que participaba de una expedición como ésta. No obstante, al cabo de media hora ella misma se echó a reír, si bien con una risa nerviosa, recordando el despertar de sus sueños. En todo caso, nos suplicó que dejáramos una luz encendida dentro de la tienda. Rania, comprensiva, aceptó, y como teníamos linternas y baterías de sobra, decidimos sacrificar una de ellas por la tranquilidad de Cynthia, con el fin de comenzar bien una semana de trabajo de campo.

Por la mañana hacía un día espléndido. Nos preparamos un desayuno más bien frugal, pues teníamos ganas de comenzar de inmediato, y nos dividimos en los dos grupos convenidos. Cada uno de nosotros cargaba con varios kilos de material. Parte de los aparatos se quedarían por supuesto en el campamento, pero algunos debíamos llevarlos con nosotros. Aquella zona no era demasiado frecuentada por turistas, lo que nos permitiría dejar parte del material en algún lugar cerca de nuestros respectivos lugares de exploración. Llevábamos, además, como parte del material, unos comunicadores individuales de onda ultracorta que nos facilitarían estar en contacto permanente entre nosotros, y un grupo con el otro.

Para acceder a la zona que pretendíamos analizar dentro de la garganta debíamos seguir un sendero medio impracticable, lleno de arbustos y cardos de tamaño considerable, lo que complicaba la marcha. Pero nos sentíamos afortunados, al compararnos con el grupo de

Walter, ya que ellos habían de bajar por una pendiente bastante pronunciada, apoyándose según descendían en los numerosos árboles que allí crecían, para después alcanzar la entrada de la gruta, con unas rocas con su superficie inclinada y llenas de musgo y líquenes, lo que las hacía muy resbaladizas.

Jonsi abría la marcha de nuestro grupo, seguido por Palmer y Cynthia. Yo cerraba la comitiva. Cynthia estaba encantada por la caminata, pero se notaba que no era una chica de campo. Su calzado era adecuado, pero había traído unos pantalones cortos y unos calcetines bajos, lo que resultaba en arañazos y picazón constante en sus piernas. Palmer era de pocas palabras, aunque resolutivo, y muchas veces se salía del sendero para continuar por un camino más limpio y menos accidentado, para volver a incorporarse a nuestra ruta diez o doce metros después.

Llegamos al área Alfa, una amplia explanada al pie de una gran pared vertical donde se distinguían claramente numerosos estratos, los inferiores pertenecientes al Jurásico Medio. Según nuestros estudios, esta zona era ideal para el estudio de fósiles del Cretácico, y tanto el entorno físico como la tipología de la flora y fauna hacían sospechar que aquel había sido un posible hábitat para los dragones del Cretácico, o pletosaurios. Preparamos un pequeño asentamiento donde colocamos todos los instrumentos delicados, y nos dispusimos a acotar el terreno a analizar. Sería una campaña muy corta, pero nos serviría para determinar los estudios futuros.

Estuvimos trabajando toda la mañana, limpiando el área de arbustos secos y piedras, y colocando las estacas y cuerdas para dividir el terreno en sectores. Al llegar el sol al cenit paramos para descansar y tomar un refrigerio. En ese momento nos llamaron del equipo de la gruta. Cynthia tomó el comunicador.

—Hola, aquí Cynthia, ¿cómo os va todo?

—¡Cynthia, rápido, pásame con Franz! —Quien gritaba era Walter. Cynthia se quedó un momento paralizada, pero los gritos de Franz por el altavoz la hicieron reaccionar, pasándome el aparato.

—Sí, Walter, dime, ¿qué ocurre? —dije, intentando sonar tranquilizador.

—¡Dios, Walter, Rania ha sufrido un accidente! ¡Las malditas rocas de la entrada a la gruta estaban muy resbaladizas! ¡Hemos tenido mucho cuidado, pero al final Rania ha resbalado…, ha caído por el agujero de entrada!

Maldiciendo nuestra suerte, intenté pensar durante un segundo. Al final respondí:

—¿Rania está bien?

—Bueno —dijo Walter, algo más tranquilo—, en realidad no lo sé. Podría tener una clavícula y alguna costilla rota, dice que le duele en un costado y al lado del hombro. Y se ha torcido un tobillo. Lo tiene hinchado como una naranja. Esa entrada es muy traicionera, ya lo sabes.

Sí, ya lo sabía. La entrada a la gruta estaba cercada por rocas lisas y resbaladizas, como ya he dicho. Se accedía a ella por un agujero por el que cabía con facilidad una persona, y que daba a un vestíbulo de unos tres metros de alto, con la boca de la cueva en el techo. Con esa altura, era imprescindible bajar con arnés y cuerdas. Si Rania había caído desde esa altura, era normal que se hubiese hecho daño y que tuviera alguna fractura.

—De acuerdo, voy a enviar a Jonsi para que os ayude a llevarla al campamento, y le eche un vistazo. Tiene conocimientos médicos. Además, alguien debe quedarse con ella.

—Vale, aquí le esperamos.

Les transmití a los demás lo que había ocurrido, intentando tranquilizarles. Rania podía haberse hecho daño, aunque no creía que fuera nada demasiado grave. Podíamos vendarla y atenderla en el campamento durante esta semana, y si era necesario alguien podría llevarla de vuelta a Torrens Creek, donde por supuesto no había hospital, pero sí al menos una pequeña clínica. Es cierto que su percance iba a retrasarnos y a causar algún impedimento que otro, pero ese era uno de esos imprevistos que siempre aparecían en cualquier expedición de campo.

Jonsi tardó poco en llegar a la entrada de la cueva, donde le esperaban para llevar a Rania al campamento. El tobillo dañado tenía mala pinta, aunque no parecía demasiado grave. Y en cuando al costado de Rania, tras el examen de Jonsi éste opinó que no parecía tener nada roto. Tenía una grave contusión por el golpe, desde luego, y habría que hacerle radiografías para descartar por completo pequeñas roturas o fisuras. Sin embargo, con la ayuda de su compañero podría caminar, aunque fuera con cierta dificultad, durante la mayor parte del trayecto que les separaba del campamento. El principal problema sería subir la pendiente tan inclinada que habían tenido que bajar hasta el acceso a la cueva No obstante, Jonsi era un hombre fuerte y fue capaz de subir entre los árboles con Rania a cuestas.

Mientras Jonsi llevaba a Rania al campamento, y Cynthia y yo intentábamos planificar el trabajo de los días siguientes, con el imprevisto de aquel accidente, Walter y Joshua entraron en la cueva. La idea era realizar un primer estudio de la sala principal, que se encontraba al fondo de un pasaje relativamente estrecho pero fácilmente practicable, y que, comenzando en la entrada, discurría sinuoso a lo largo de unos trescientos metros.

Sin embargo, al llegar por la tarde al campamento, Walter nos explicó lo que habían encontrado. Al parecer, al caer Rania había golpeado ciertas rocas de la pared de la entrada. Una de ellas parecía haberse desplazado unos centímetros de su lugar original, dejando un pequeño hueco por el que se notaba una corriente de aire. Walter y Joshua comenzaron a retirar rocas, y descubrieron lo que parecía una entrada oculta deliberadamente a un pasaje que al principio parecía transcurrir de forma paralela al pasillo principal que llevaba a la gran sala, pero que, tras unas decenas de metros, descendía de forma apreciable. Las paredes estaban decoradas con diferentes glifos del todo desconocidos para ellos, y que podrían haber sido caracteres de alguna lengua arcaica. Estaban pintados en las paredes con algún tipo de pintura marrón oscuro, a veces incluso con todos rojizos. Uno de aquellos símbolos aparecía de vez en cuando en un tamaño mucho mayor a los demás y tallado en la roca viva, como si fuera el emblema principal de algún tipo de cultura perdida. Recordaba a una especie de signo de interrogación, con el punto rodeado por un círculo, y con dos trazos inferiores, uno en forma de gancho, y otro ligeramente curvado, formando un ángulo muy abierto. Cuando nos lo contaron, estuvimos de acuerdo en que no habíamos visto nunca nada igual.

Las exploraciones de Walter y Joshua les llevaron al final de aquel pasadizo. Tras descender durante un rato se encontraron con que el camino acababa bruscamente en una pared que parecía de roca maciza. Sin embargo, podía escucharse el sonido de una fuerte corriente de agua al otro lado de aquella pared. Regresaron al campamento con la firme intención de volver al día siguiente e intentar abrir un acceso hasta el otro lado de aquella pared.

Esa noche estábamos muy excitados en el campamento. El descubrimiento de Walter y Joshua, con la intervención involuntaria de Rania, era increíble. Un nuevo tramo de una gruta era una cosa. Pero descubrir toda una serie de glifos desconocidos, metros y metros cuadrados de pared con un lenguaje primitivo, era algo importante, no cabía duda. Ninguno de nosotros éramos expertos en ningún conocimiento sobre lenguas arcaicas. Todo era nuevo para nosotros. Es cierto que habíamos leído algo sobre escritura y simbología antigua, pero debíamos ser cautos, por supuesto, y estar seguros de que aquello merecía la pena ser analizado por profesionales. Por eso accedí a la petición de Walter de trasladarnos todos juntos al día siguiente a explorar el nuevo pasaje y obtener evidencias acerca de su naturaleza.

La noche pasó tranquila y sin sobresaltos, al menos para la mayoría de nosotros. Sin embargo, a la mañana siguiente Rania nos dijo que había pasado una noche horrible, llena de pesadillas. En sus sueños, dijo, algo, una voz horrible, la llamaba. Era confuso, pero intentó explicarnos que en sus sueños no era una voz que escuchase con sus oídos, sino que parecía estar dentro de su cabeza. Se levantó con una migraña terrible, algo que según ella nunca le había ocurrido, y se encontraba aún dolorida. No obstante, gracias al vendaje de Jonsi y a los analgésicos los dolores por el accidente disminuyeron.

Tras desayunar decidimos que Joshua, que ya conocía el descubrimiento de la cueva, llevase a Rania a la clínica de Torrens Creek, donde esperábamos que le pudieran hacer unas radiografías. Rania dijo que quería hacer primero unas cosas en el ordenador, algo de su nuevo artículo, pero que en una hora saldrían para allá. Mientras, los demás iríamos a explorar la gruta.

Más tarde, ya en la entrada de la cueva y pertrechados con algunos picos y palas, descendimos al vestíbulo de la misma, donde pudimos ver el acceso que habían descubierto Walter y Joshua el día anterior. Todos portábamos linternas frontales, pero además Walter y yo llevábamos sendas linternas portátiles, pesadas aunque de gran luminosidad. Al asomarme al pasaje descubierto y alumbrar con la que yo tenía, pude ver un pasillo de roca algo más angosto que el pasillo principal, de sección ovalada, y que se inclinaba y desaparecía unos cuarenta metros más allá de donde nos encontrábamos. La decoración de las paredes comenzaba a mostrarse a unos diez metros de la entrada, y parecía ocupar profusamente tanto paredes como techo.

Nos introdujimos por el orificio practicado por Walter y Joshua, y comenzamos a caminar por aquel túnel. Pronto tuvimos que hacerlo con mayor precaución, ya que el suelo se inclinaba hacia adelante. Por suerte las paredes laterales se hallaban lo suficientemente cerca de nosotros como para poder apoyarse, pero lo hacíamos además con cuidado de no tocar ninguno de los glifos allí pintados. Pudimos observar que en el suelo, a intervalos, también aparecía tallado en la roca aquél símbolo que encontrábamos de vez en cuando en las paredes.

Anduvimos en silencio durante media hora. El camino no hizo más que descender, sin curva alguna, con una pendiente uniforme. Teníamos la impresión de estar alcanzando el centro de la Tierra, aunque yo estimaba que habríamos recorrido un kilómetro aproximadamente, lo que significaba, dada la inclinación del terreno, que habíamos descendido en vertical unos cuatrocientos o quinientos metros. El túnel seguía siendo fresco, pero el aire se iba haciendo más denso y pesado.

En ese momento alcanzamos el final del pasaje. Sin más, sin marca que lo indicase, una pared de piedra cerraba el camino. No era parte de la roca de las paredes, el techo y el suelo, sino que parecía ser una tremenda roca del tamaño justo del túnel que hubiera sido puesta allí, dejando unas rendijas de unos pocos milímetros a su alrededor. Intentamos moverla Walter y yo, sin éxito. Palmer y Jonsi, más jóvenes y con más fuerzas, nos hicieron a un lado y comenzaron a empujar, con idéntico resultado. Pero en ese momento Palmer se percató de una pequeña piedra que parecía medio suelta en la parte inferior de una de las paredes, cerca de la roca que nos bloqueaba el camino. Le dio una patada, lo cual fue replicado por un bufido de reprobación de Walter. Entonces, con un estruendo inmenso, y la más absoluta perplejidad reflejada en nuestros rostros, la gran roca se desplazó lateralmente, unos cincuenta centímetros, lo justo para dejarnos pasar.

Sin pensarlo, Palmer se introdujo por el hueco. En ese momento le gritamos que tuviera cuidado, por lo que se quedó allí plantado de inmediato, nada más franquear el umbral.

—Palmer, no te muevas, puede ser peligroso —le volví a decir—. ¿Qué ves?

Palmer se tomó un par de segundos antes de responder.

—Es difícil de decir —respondió—. Mi frontal no alumbra gran cosa, pero parece que ya no hay pasillo por el que continuar. Creo que es una especie de sala grande. Delante de mí, como a un metro, ya no hay suelo, pero sí que parece que hay un camino de esa anchura hacia los lados, en la pared. Creo que si no tenemos cuidado nos podemos despeñar. Aunque al frente parece como si hubiera una explanada amplia de roca. Pero no veo bien.

En ese momento comencé a acercarme a la puerta de roca para alumbrar con mi linterna de mano, cuando Palmer dijo:

—De todas formas hacia los lados sí parece que ha... ¡Aaaaahhhhhhh!

El grito de Palmer nos heló el espíritu. Walter fue el primero en reaccionar.

—¡Palmer, qué ha pasado, qué ha sido...!

Jonsi, que había estado ayudando a Palmer a mover la roca, echó un vistazo rápido, a la vez que yo me apresuraba para llegar hasta él.

—¡Mierda, mierda, no me jodas! —gritaba Jonsi, a la vez que el aullido de Palmer se hacía cada vez más lejano—. ¡No me jodas, no puede ser! ¡Palmer! ¡Palmer!

Cuando llegué hasta él le aparté del hueco, y metí mi brazo con la linterna, asomándome para mirar. Había desaparecido. En efecto, un metro más adelante se acababa el camino, pero hacia el lado derecho éste continuaba en forma de saliente tallado en la roca, de un metro de ancho, más o menos. Sin embargo, hacia el lado izquierdo no existía tal sendero. Un par de palmos más allá de la abertura la pared caía vertical. Todo indicaba que Palmer creyó, sin realmente verlo, que el sendero continuaba hacia ambos lados, y se había precipitado al vacío.

Jonsi no dejaba de gritar, Cynthia comenzó a llorar. Preguntaba a gritos qué pasaba. Walter se acercó y me agarró del hombro. Yo me giré y por mi cara supo que algo horrible había ocurrido.

Estuvimos unos minutos callados. Cynthia no paraba de llorar. Walter hacía lo posible por consolarla, pero parecía inútil. Jonsi ahora estaba callado, y permanecía sentado en el suelo, con los codos apoyados en las rodillas y la cabeza hundida; con las manos se mesaba los cabellos. Balanceaba su cuerpo de forma apenas perceptible hacia delante y hacia atrás.

Teníamos que afrontar aquello, así que les expliqué lo que creía que había ocurrido, hablando despacio y tratando de sonar lo más sereno posible.

—Palmer se ha caído por el precipicio. —En ese momento volví a asomarme por unos segundos, linterna en mano—. Realmente no sabemos cuán profundo es, pero por los gritos de Palmer creo que bastante. Se confió demasiado. Escuchadme, al otro lado de esta puerta hay una sala enorme. No sé en realidad cuál es su tamaño, ahora lo veremos. En el centro de la sala parece que hay una especie de meseta de roca, pero entre esa meseta y la pared hay un abismo de al menos diez metros de ancho, y quién sabe cuánto de profundidad. Es como si el salón principal de esta cueva tuviera un inmenso foso alrededor. ¿Me seguís?

Interrumpí mi descripción para asegurarme de que me estaban entendiendo. No podíamos sufrir otra desgracia como aquella. Walter y Cynthia asintieron. Jonsi seguía con la cabeza baja, ahora musitando algo incomprensible.

—¡Jonsi! ¿Me has entendido?

Dejó de balancearse, levantó la mirada y dijo:

—Sí, lo he entendido. —Su voz tenía cierto tono desafiante—. Pero dará igual. Él viene.

Me dejó perplejo, pero quería continuar a toda costa.

—¿Él, quién? —dije; pensé que hablaba de Palmer, así que lo achaqué a la impresión sufrida—. Palmer no volverá. ¿Me oís? Y nosotros debemos continuar, de manera segura. Por él. Así que escuchadme. —Miré a todos por un momento; Jonsi había vuelto a su extraña postura—. La superficie de esa meseta no está a nivel con este suelo que pisamos ahora mismo, sino unos dos metros más abajo. Aún así, está muy lejos. El foso es demasiado ancho como para alcanzar el otro lado saltando. Pero hacia el lado derecho, según entramos por esta abertura —dije, señalando la roca que se había movido— hay un sendero tallado en la roca viva, y si seguimos por él creo que al fondo de la sala podría haber una especie de puente para acceder a la meseta central. Es lo que haremos. El camino es suficientemente ancho, pero quiero que tengáis mucho, repito, mucho cuidado. Manteneos pegados a la pared en todo momento. Yo iré delante, iluminando el camino, y, Walter, tú irás detrás, alumbrando hacia el suelo para ver dónde pisamos. ¿De acuerdo?

Cynthia asintió entre sollozos sin decir nada. Jonsi dijo un «ya da lo mismo», que tomé por un sí. Walter me dió su aprobación con la mirada. Así que me volví hacia la entrada descubierta y traspasé el umbral.

Me deslicé hacia la derecha para hacer sitio a los demás. Comprobé varias veces que el sendero tallado en la roca era sólido y que no ofrecía demasiada dificultad. Cuando Walter estuvo también dentro, apuntamos las dos potentes linternas hacia el centro de aquella estancia.

La sala era enorme. Se trataba de una abertura circular, en forma de hemisferio, según nos pareció al apuntar la luz al techo. Calculé que tendría unos cien metros de diámetro. Me sorprendió la carencia de estalactitas o estalagmitas allá donde miraba, lo que indicaba que aquella formación no era de origen kárstico. En efecto, el tremendo salón de piedra parecía haber sido tallado en la roca viva. No quise ni especular con las fuerzas terribles que se habrían visto involucradas para crear un espacio así. Al fondo, en la pared opuesta a la que nos encontrábamos, podíamos ver de nuevo ese símbolo extraño, omnipresente en toda la cueva, tallado en la roca y de un tamaño de varios metros de altura. Ahora que pienso en ello, creo que ya entonces aquel signo desconocido comenzaba a afectarme, puesto que recuerdo que su visión provocó que me entraran náuseas. En la meseta central, de unos ochenta metros de diámetro, había ciertos pináculos o columnas, colocados formando una especie de círculo. Finalmente, en el centro de ese círculo, se encontraba algo que parecía un altar. Su aspecto sugería que estaba tallado en un tipo de roca mucho más oscuro que la roca casi blanca que nos rodeaba, lo cual era algo peculiar.

No me equivocaba: al final del sendero por el que caminábamos despacio, poniendo los cinco sentidos en lo que hacíamos, parecía haber un saliente de roca en pendiente por el que podía alcanzarse la meseta central, a un nivel algo inferior. Al llegar a él me detuve y me aseguré de que estábamos todos bien y listos para bajar. En ese momento Jonsi soltó una carcajada, lo que me hizo pensar que había perdido el juicio al contemplar el final de su compañero.

—¿Duda ahora, profesor? —gritó, riendo—. ¡No lo haga, continúe! ¡Él ya no tardará en aparecer! ¿No le oye? ¡Fíjese, fíjese cómo va delatando su presencia!

Sentí una profunda pena por Jonsi. Teníamos que aguantar un poco más. Estaba seguro de que se recuperaría, pero era horrible verle en aquel estado. Sus palabras, sin embargo, y el gesto que hizo con el brazo, abarcando toda la sala, me hicieron echar un vistazo a mi alrededor. Detecté algo extraño. Parecía como si las linternas alumbrasen ahora más que antes. Una sospecha cruzó mi mente, y pedí a Walter que apagase su linterna por unos segundos, haciendo yo lo mismo.

No eran las linternas. Una fosforescencia amarillenta había surgido por toda la pétrea sala. No resultaba suficiente para contemplarla en su totalidad, sin ayuda de iluminación adicional, pero sí que comenzaba a ser apreciable. Volvimos a encender las linternas, y bajamos aquel puente de roca sumidos en oscuros presagios.

El área central de la sala era de la misma roca que las paredes. No había rastro de tallas, ni apariencia de haber sido trabajada, pero no me cabía ninguna duda de que toda la sala había sido moldeada en la roca viva. A unos veinte metros del borde del abismo, más o menos a mitad de camino entre el foso y el centro de aquel lugar, se levantaban una serie de obeliscos piramidales, de un metro de lado de base y unos veinte metros de altura cada uno. Sus caras se hallaban profusamente adornadas por glifos y símbolos semejantes a los que habíamos visto en el túnel de acceso, pero esta vez eran bajorrelieves de la más exquisita factura. Un cierto vértigo me invadió, al intentar armonizar en mi cerebro la antigüedad que se respiraba en este lugar con la técnica necesaria para cincelar aquellos pictogramas.

Los obeliscos se disponían en círculo, y en el centro del círculo una piedra rectangular de un color parduzco se erigía a modo de altar. Nos acercamos a inspeccionarla. Cuando estábamos a un par de metros de ella, Jonsi comenzó a reír como un endemoniado. «¡Ya viene, ya viene!», gritaba. Dejé la pesada linterna en el suelo, ya que ahora la luminosidad de la cueva era bien visible. Cynthia perdió los nervios cuando entendió, igual que Walter y yo, el porqué del color parduzco de aquel bloque de piedra. Sin duda contemplábamos un altar de sacrificio, y su color se debía a una enorme cantidad de restos orgánicos resecos que lo cubrían por completo, y que incluso se esparcían por el suelo en torno suyo. Aquella masa putrefacta tenía en gran medida la apariencia de sangre seca o coagulada, pero su textura parecía indicar que también había vestigios de órganos y tejidos animales.

Cynthia comenzó a gritar, y retrocedió unos pasos. Walter no pudo agarrarla antes de que diese media vuelta y comenzase a correr hacia el puente por el que habíamos bajado. Jonsi reía a carcajadas, enloquecido. Walter fue tras de Cynthia, pero en el momento en el que ésta pasaba cerca de uno de los obeliscos, Rania, con la cara y la ropa ensangentadas, apareció por detrás de éste, y, trazando un amplio arco con sus brazos, le clavó un pico a Cynthia en el pecho. La chica frenó en seco, y pude ver horrorizado cómo el extremo del pico asomaba por detrás de la espalda de Cynthia, mientras su polar se cubría de sangre. Walter gritó un «¡No!» que me pareció absurdo. Cynthia comenzó a convulsionar, aún de pie, y Rania arrancó el pico de su pecho. Con la inercia de aquel movimiento, la víctima, muerta ya, cayó de bruces hacia delante, a plomo, golpeando el suelo de roca con la cara.

Jonsi dejó de reír, pero seguía hablando para sí en voz baja. Rania se acercó, cojeando, con el pico en la mano.

—Profesor, él no puede esperar —susurró Rania, con la cara salpicada de sangre—. Le hemos despertado, por fin, y ya llega, de allende las estrellas. Una era de oscuridad cubrirá este mundo durante un millón de años, y solamente podemos servirle, y sufrir su voluntad.

No entendía nada.

—¿Él? ¿Quién? —acerté a balbucear—. Maldita sea, Rania, ¿qué has hecho? ¿Dónde está Joshua?

—¿Joshua? Tuve que matarle, claro. Él nos ordena y nosotros obedecemos. Tiene muchos nombres, pero eso no importa, profesor —dijo, mientras se aproximaba a nosotros—. El devorador de la lejanía vendrá a someternos, desde su morada junto al lago Hali, en las Híades, cerca de Aldebarán.

Walter dejó la lámpara en el suelo, y se fue acercando a Rania.

—Rania, deja el pico, por favor —comenzó a decir Walter, en un tono suave, intentando no alterarla más—. Vamos a sentarnos y nos explicas todo esto.

En ese momento se escuchó un ruido sordo en la cueva. El suelo retumbó como si las entrañas mismas de la tierra estuvieran vomitando maldad. Nos quedamos petrificados.

Entonces descubrí que Jonsi, moviéndose detrás de mí, había cogido mi linterna y corría a por la de Walter. Walter se percató del movimiento, y fue a evitar que Jonsi le arrebatara la luminaria, pero por el rabillo del ojo vio que Rania le atacaba con el pico, y tuvo el tiempo justo para apartarse y evitar un golpe fatal, saltando al suelo hacia un lado. Jonsi había conseguido hacerse con ambas linternas, y se acercó por detrás de Walter. Tuve el tiempo justo de apartar la vista mientras Jonsi reventaba la cabeza de mi colega de un tremendo golpe con una de las linternas. Escuche por unos segundos el sonido de vísceras y huesos revueltos y golpeados.

Cuando volví a mirar, Walter no tenía cabeza reconocible. Una masa pulposa, sangre, carne y sesos, se desparramaba por el suelo en torno a sus hombros. Lo primero que pensé es que había llegado mi hora. Jonsi y Rania se acercaban a mí lentamente.

De repente volvieron los sonidos a la cueva. Esta vez un maremágnum de ruidos de chapoteo, de cuerpos gelatinosos golpeando contra las rocas, ascendía por el foso. Una niebla lechosa comenzó a extenderse, proveniente de aquel abismo, y un fulgor amarillento resplandeció a nuestro alrededor. Jonsi y Rania se acercaban; él con ambas lámparas, rotas y con su luz extinta; ella con el pico goteando sangre. Retrocedí hasta el altar y me coloqué al otro lado.

Es un instante, sin apenas darme cuenta de qué ocurría, vi cómo dos inmensos tentáculos de color amarillo, de apariencia gelatinosa pero con una fuerza increíble, aparecían de entre la niebla y alcanzaban a Jonsi y Rania. Al primero le rodeó por el pecho y la cintura, dando un par de vueltas a su alrededor, y apretó hasta que el cuerpo de Jonsi reventó en un estallido de sangre y vísceras. A Rania aquel horrible apéndice le entró por la espalda, apareciendo por el vientre, adentrándose tanto que el grosor del mismo partió a Rania en dos.

Estaba horrorizado. No sabía qué hacer. El ruido comenzó a resultar ensordecedor, pero percibí un cambio en su calidad, la aparición de una textura vocal. Era como si miles de voces gritaran al unísono en diferentes registros. Pensé que me iban a estallar los oídos. Pude ver cómo más tentáculos aparecían entre la niebla, agitándose, y miré atrás, hacia la pared donde se encontraba tallado aquel signo maldito. Fue entonces cuando descubrí la existencia de un reguero de restos en descomposición, ya resecos, que iba desde el altar hasta una pequeña abertura en la parte inferior de la pared del fondo, hacia la izquierda. Pensé que podría ser mi oportunidad, así que eché a correr hacia ella, sin mirar si algo o alguien me perseguía.

El caos de ruido y voces gritando era insoportable. Llegué hasta la abertura, del tamaño de un hombre agachado, y me adentré en lo que resultó ser un pasadizo la mitad de alto que el que habíamos descubierto. Sin embargo, podía moverme con facilidad. Solo pensaba en huir.

Un grito desgarrador, compuesto de innumerables voces, rasgó el aire, y creí enloquecer solo por escucharlo. Un olor a podredumbre lo invadió todo, y por un momento me imaginé ser una rata adentrándose por las entrañas de un cadáver lleno de gusanos, estirpe de muerte, vapores miasmáticos y putrefacción. Vomité allí mismo, lo cual hizo que recobrase las fuerzas. Fue entonces cuando escuché de nuevo ese grito, pero en la entrada del pasadizo. Entonces, loco de terror, me puse a correr a cuatro patas, iluminado con la temblorosa luz de mi frontal, mientras mis manos acariciaban aquellos restos de descomposición, y mis sentidos colapsaban ante el hedor del lugar.

Y aquí estoy, escondido en una abertura de la pared, con las manos ensangrentadas, a cientos de metros del altar maldito, en el interior de la tierra, y sabiendo a ciencia cierta cuál será mi destino final. He contado todo lo sucedido, lo he escrito en mi cuaderno de bolsillo, a la luz de mi frontal, que poco a poco disminuye de intensidad.

Sé que nadie lo encontrará. Pero ya da lo mismo. Porque le escucho acercarse. Esperaba de la humanidad una señal, y se la hemos dado. Por fin has llegado, ¡oh, Hastur!, desde tu morada en la terrible Carcosa, en tu mundo de las Híades, cerca de Aldebarán, para reclamar este planeta y sumirnos en un millón de años de locura y muerte.

# El gato negro, continuación

Ustedes creerán que mi historia acaba así, descubierto por unos agentes, detenido, atrapado por la maldad de aquel ser maligno, ese animal que desde el principio había conspirado para conducirme al cadalso. Sin duda me imaginan colgando de la horca, una horca como la que mi antagonista llevaba en forma de mancha de pelo blanco sobre su pelaje de color negro. Sin embargo, se equivocan. Ahora deseo que hubiera sido así. Mi alma llevaría ya muchos años descansando de la horrible pesadilla en la que se ha convertido mi vida. Pero permitan que continúe.

Allí me encontraba, en efecto, apoyado en la pared opuesta al agujero que acababan de abrir los agentes, casi desvanecido por la horrible visión de aquella bestia infernal, alzado sobre la cabeza de quien fuera mi esposa. De inmediato dos de aquellos hombres me agarraron y me condujeron fuera de la casa. Sin darme cuenta, me encontré poco después hecho un ovillo sobre el suelo frío y húmedo de una prisión.

No sabía muy bien cuál sería la secuencia de acontecimientos, lo que hizo que mi imaginación inventase toda clase de detalles y sucesos futuros. Ya era entrada la tarde, por lo que me imaginé que el juez, frente a las evidencias encontradas en mi casa, dictaría sentencia con carácter de urgencia por la mañana. Así que comencé a sospechar que mi ejecución no se demoraría más allá de la tarde siguiente. Sin duda, la sombra de mi cadáver colgando de una soga se dibujaría sobre las paredes del ayuntamiento, en la plaza principal, a la puesta del sol. Me invadió una apatía terrible. Ni siquiera sentía ira por aquel animal, sino una terrible pena, un deseo de que todo aquello acabase. Me puse a gritar que quería que me colgasen ya, cuanto antes, hasta que un agente llegó a los calabozos y me hizo callar.

Entrada la noche seguía tirado en el suelo, descalzo, pues me habían quitado los zapatos. Hacía algo de frío, pero era soportable. Me hallaba contemplando la enorme luna llena que aquella noche se podía ver a través de mi ventana. Su luz iluminaba gran parte del suelo y bañaba mi rostro. En ese momento, una sombra se interpuso entre la luna y mis ojos. Un bulto negro se había colocado entre dos de los cuatro barrotes que cerraban mi ventana. Aquella cosa adquirió la cualidad de una presencia viva cuando mis sentidos se pusieron de inmediato en alerta y el vello de mi cuerpo se erizó. En ese momento lo escuché.

Un sonido inconfundible, reconocible al instante, y que hizo que la sangre se me helase en las venas: el maullido de un gato. No, no era un simple maullido. Era la llamada de un ser implacable, que invocaba mi alma como a un golem supeditado a su voluntad. ¿Qué querría semejante ser? ¿No tenía suficiente con haberme hecho caer en desgracia, con haberme sentenciado a muerte? ¿Acaso éste no era el destino que me tenía reservado?

Me incorporé alarmado. Aún en shock por la manera en cómo el felino había desvelado mi crimen, enfebrecido por mis pensamientos, pensé que tal vez se tratase de la encarnación de algún hijo de Belcebú, que venía ahora a arreglar cuentas conmigo y a llevarse mi alma al inframundo. Recuerdo que, más llevado por la desesperación que por el coraje, le grité, le insulté, intentando que se fuera. Mas permaneció allí, plantado, con la luna a su espalda, quieto, en silencio.

Me derrumbé, exhausto de temor. Estaba esperando mi fin de un momento a otro, cuando le oí maullar de nuevo, y escuché a continuación un ruido tenue, sordo, como el rascar en una pared. Aquello me dejó perplejo, e intenté averiguar el origen de aquel sonido. Entonces vi que el animal estaba agachado, y noté en sus movimientos una actividad que me sorprendió. La bestia estaba rascando en la base de los barrotes. Me levanté muy despacio, lo cual no pareció perturbar en modo alguno a mi visitante, y me acerqué a ver qué hacía. En efecto, con sus patas intentaba desgastar el bloque de argamasa que sujetaba el pie de uno de los barrotes. Me acerqué aún con más suavidad, y puse una mano en el barrote. El borde inferior de la ventana quedaba solo a unos dedos sobre mi cabeza, con lo que podía agarrarlo con facilidad. El gato cesó sus movimientos, me miró, observó mi mano agarrando aquella barra de metal, y volvió a su tarea. Intenté mover aquello, y pude comprobar que había cierta holgura. El animal parece que sabía dónde había que escarbar para liberar uno de esos barrotes. Dada la altura de la ventana y la distancia entre ellos, pensé que, aunque complicado, podría pasar por el hueco que resultase de eliminar una de las barras. Así que comencé a rascar el mortero con ambas manos, mientras mi acompañante continuaba con ambas garras.

Serían ya las tres de la mañana cuando conseguí arrancar el trozo de metal que me permitiría salir de allí. Con la luna en el otro lado del cielo, la ventana de mi celda se encontraba oculta en sombras. El animal me miró una última vez, maulló, y desapareció de un salto hacia el exterior. Tuve que probar varias veces, pero al final me agarré con firmeza de un salto y, tras pasar primero una pierna y después la otra, conseguí salir a la calle. Por el exterior, la ventana de mi prisión no alzaba del suelo ni tres palmos, con lo que la salida fue relativamente sencilla.

Una vez fuera, en penumbra, sin que la luna ahora alumbrase este lado de la plaza, observé a mi alrededor y vi a mi liberador a unos pasos, esperándome. Sus ojos, aquellos ojos que solo unas horas antes me habían observado desafiantes desde el agujero abierto en la pared de mi sótano, brillaban con un fulgor amarillento. Una vez me puse en pie, el animal se dio la vuelta, volvió la cabeza, como indicándome que le siguiese, y echó a andar. Le seguí.

Amparados en la oscuridad, resguardándonos en los rincones, con la luna a punto de ocultarse, cruzamos varias calles, alejándonos de la prisión y del ajusticiamiento mortal que me esperaba. Tras un rato de vagar por aquel maldito pueblo llegamos al río. Continuamos por su orilla, y el frescor vigorizante de la zona sacudió mi cuerpo. Mi mente estaba ahora algo más clara. Observé que mi guía no había vagado errático, sino que en ciertas encrucijadas y esquinas se paraba a olisquear el aire, intentando decidir cuál era el mejor camino. Sea como fuere, no nos encontramos alma alguna por las calles. Si bien dadas las horas a las que nos movíamos aquello no era del todo extraño, sí resultaba curioso no haber encontrado ni un solo borracho o vagabundo durante todo el camino.

Andaba perdido en estas cavilaciones, siguiendo al animal a lo largo de la orilla del río, cuando vi a unos veinte pasos de distancia la figura de un hombre tumbado, pegado al muro de ese lado de la calle. Mi acompañante se había detenido, y tras unos segundos se acercó a un rincón más oscuro que el resto, donde removió algo con las patas. Pude escuchar un sonido metálico rozando contra el suelo. El animal apareció entre las sombras con algo en sus fauces, y al acercarse a mí se detuvo y lo soltó, dejándolo caer al suelo. Era un cuchillo. Se sentó erguido frente a mí, y con las primeras luces del alba pude ver que la mancha blanca de su pecho había cambiado. ¡Ahora tenía la forma de un cuchillo!

Me sentí desfallecer. ¿Qué especie de demonio tenía ante mí? ¿Era posible que aquello no fuese una visión debida a mis nervios alterados? El animal tocó el cuchillo con la pata, y lanzó un maullido muy leve. Noté que mi ser entero se doblegaba ante aquel ente infernal, ante la orden de agarrar el vil instrumento que había colocado a mis pies, y me descubrí agachándome a recogerlo, para después agarrarlo con fuerza en mi mano.

En ese momento escuchamos gritos del hombre que habíamos visto antes, y mi atención se desvió hacia él. Ahora estaba en pie y se agachaba de vez en cuando, como recogiendo algo del suelo.

—¡Malditos bichos del demonio! —bramó, lanzando lo que tenía en las manos a diversos gatos que se movían a su alrededor—. ¡Como os coja ya sabéis lo que os espera! ¡Me he deshecho de muchos de vosotros, y no pararé hasta acabar con todos!

Tras observar el espectáculo durante unos instantes, volví a mirar a la bestia que permanecía cerca de mí. ¡Y que me lleve el diablo si lo que veía ahora en su pecho no era el mismo cuchillo de antes, atravesando un corazón!

Mi voluntad se quebró. Supe que ese pequeño ser de pelaje negro era dueño de mi destino, y que habría de obedecerle si quería mantener mi cordura, o al menos mi vida.

No me extenderé en los detalles. Me acerqué a aquel pobre desgraciado, que se quedó petrificado al ver cómo me acercaba, con una decisión que le perturbó el entendimiento, hasta que fue demasiado tarde. Le clavé el cuchillo en el corazón, como mi amo había ordenado, y me alejé mecánicamente de allí sin mirar atrás.

Desde entonces he sido una marioneta de sus deseos. He cometido muchas maldades, todas por la voluntad del que fuera mi señor, el instigador de mis crímenes y dueño de mi destino. Y sé que el infierno espera por mí, que el castigo eterno me espera por mis acciones y por los deseos de aquella bestia.

Lo cuento ahora porque, como dije, quiero aliviar mi alma, ahora que siento que la muerte me acecha. Y porque hoy hace un año que mi amo desapareció. Esa bestia infernal, ese engendro que corrompió lo que de humano aún quedaba en mí, se esfumó sin dejar rastro. Lo busqué, imploré su vuelta, al principio. Después sentí una vaga sensación de liberación, pero me imaginaba observado desde las sombras. Temía que siguiese acechándome, y que cualquier descuido le sirviese de acicate para infligirme un castigo merecido. Ahora sé que no volverá. Sé que lo que buscaba lo consiguió finalmente, mi condenación eterna, la perversión definitiva de mi alma. Y por eso sé que me dejará en paz durante el tiempo que me quede mientras espero la llegada de la muerte.

# El clérigo

I

El ser humano se debate entre el misterio de su conciencia interior y la existencia de una realidad objetiva allende las fronteras del propio individuo. Nos sentimos solos, sujetos independientes, individuos islas, gobernados por nuestros propios sentidos y nuestras vanas ilusiones, esperanzas y sueños. Pero somos conscientes —¡qué paradoja!— de que, más allá de nuestra piel, la realidad física, la estructura intrínseca del cosmos, sea cual fuere, ha de subsistir como soporte para nuestras acciones, nuestras decisiones y nuestros desvaríos. Y en ese caos de realidad, la otredad se manifiesta como la burla definitiva hacia nuestra consciencia: el otro es también un individuo, que no somos nosotros, pero que de la misma manera no está aislado de nosotros. De esta forma, nos asalta la duda de si es real esa individualidad, esa independencia, o si somos todos distintas facetas de una única entidad, y en cierto modo todos somos uno.

Muchos pensarán, leyendo estas líneas, que su autor ha enloquecido, o quizá que son los desvaríos de un simple charlatán. Déjenme contarles mi historia, y tal vez les ayude a disipar sus dudas. Puede que sí sea cierto que mi mente está atormentada. Sin duda. No pretendo, no obstante, convencerles de lo que voy a contarles. Saquen ustedes sus propias conclusiones.

Nací hace mucho tiempo. Tanto que no me creerían. Mi padre gozaba de una posición de cierta importancia en la corte del rey Wenceslao II de Bohemia, y así todos sus hijos recibimos una buena educación, a la par que los hijos de otras personas ilustres del reino. Recuerdo que a veces incluso jugamos con el príncipe heredero de aquel reino, mi tierra natal.

Al ir alcanzando una edad suficiente para comenzar a ser productivos, mi padre nos fue descubriendo nuestro destino. De esta manera, dispuso que mi hermano mayor, su primogénito, bien dotado para el esfuerzo físico y con una gran presencia, se inclinase por la carrera militar con el anhelo de sucederle a él en algún puesto en la corte. Mi hermano lo aceptó de buen gusto. Mi segundo hermano, con poco interés por el mundo castrense pero un gran don de gentes, fue enviado con un conocido de mi padre, comerciante, para que aprendiese los detalles y triquiñuelas del oficio. Deseando conocer otros lugares, partió sin demora hacia su nueva vida. Con el tiempo fundaría su propia compañía de importación y llegaría a tener negocios con las familias nobles más acaudaladas de aquel reino y otros de alrededor.

Yo era el tercer hijo de los cinco que llegó a tener mi padre. De una estatura razonable, mi físico no era un problema. Podría haber sido caballero, algo de lo que mi padre se podría haber sentido orgulloso, o al menos satisfecho. Pero siempre me había gustado aprender cosas, saber cómo funciona el mundo, y en cuanto cayeron los primeros libros en mis manos, gruesos manuscritos escritos en papiro o en pergamino, de la gran biblioteca familiar, me sentí atraído por un mundo de conocimiento, más que por el contacto humano. Mi progenitor, por tanto, viendo que sería inútil intentar conmigo una estrategia por alcanzar la categoría de noble oficial cortesano, dispuso que la vida monástica me sería mucho más provechosa. Tal vez, pensó, me fuese posible conseguir, con el paso del tiempo, la jefatura de alguna abadía, lo cual añadiría prestigio y poder a mi familia.

Así fue como a los doce años entré en el monasterio cisterciense de Sedlec, cerca de con la ayuda del obispo Gregorio de Praga, amigo de mi padre. Recuerdo los primeros años, siendo oblatos del monasterio, como los más duros de mi vida. Era prácticamente un esclavo del abad y de todos los monjes que allí había, de manera que sobre mí y otros cinco chicos que nos encontrábamos en situación semejante recaía la mayor parte de tareas físicas, las asignadas a nosotros y gran parte de las reservadas a los monjes. Aparte de eso, rezábamos. Rezábamos mucho. Trabajo y rezo, ora et labora. Acababa muerto de cansancio todas las noches, que además eran terriblemente cortas. Para empeorar las cosas, en mi fuero interno, cándido como aún era, me sentía estafado, dado que no se me permitía el acceso a la biblioteca o al scriptorium, salvo para fregar el suelo y quizá ordenar algún montón de libros. Mis sueños de adquisición de todo tipo de conocimientos comenzaron a disiparse.

Sin embargo, mi situación difería ligeramente de la de los chicos que compartían mi destino en un punto muy significativo. Mientras yo era el tercer hijo reconocido de un hombre de confianza del rey, los demás eran bastardos de todo tipo de personajes ilustres. Los frutos de deslices con criados y criadas, el desenlace de amoríos prohibidos; en definitiva, el pecado encarnado. Así, dentro de mi precaria posición dentro del monasterio, siempre podía sentirme afortunado por no tener que aguantar ciertas vejaciones y malos tratos que otros chicos sí sufrían.

Este trato preferente, si puede decirse así, empezó a notarse al cabo de los tres o cuatro años de estar allí internado. Los demás chicos comenzaron a aislarme, ya que advirtieron que los peores trabajos siempre se las asignaban a uno de ellos mientras que las tareas más llevaderas recaían en mis manos. Primero me dejaron de lado: se alejaron de mí en las comidas y nunca se sentaban a mi lado. Después pasaron a los insultos, a los golpes disimulados cuando pasaban a mi lado y ningún monje los veía. Aquello duró unos meses, y nunca sufrí ningún daño serio, aunque sí que tuve a menudo moratones por diversas partes de mi cuerpo.

Un monje anciano, al que ninguno de los otros miembros de la congregación hacía demasiado caso, pareció entender lo que sucedía. No sé si por algún oscuro sentimiento hacia mí o pura compasión, decidió intervenir en las tareas que se me asignaban. Tras pocas semanas, pareció que me había tomado bajo su tutela, dado que todos los trabajos que había de realizar eran dictados por él mismo. Aún seguía siendo trabajo duro y pesado, pero me di cuenta de que mi interacción con los demás muchachos se había reducido al mínimo. Además, hacía un año que se nos había asignado a cada uno nuestra propia celda, por lo que mi coincidencia con todos ellos en la práctica se reducía a los oficios diarios. Maitines, laudes, prima, tercia, sexta, nona, vísperas y completas, ello aún seguía siendo bastantes veces al día, pero al estar concentrados en nuestras oraciones, aquello sirvió para que acabasen por olvidar su animadversión contra mí.

Un día estaba fregando el scriptorium. Esa mañana solamente mi protector, el hermano Zsiga, se encontraba trabajando allí, sobre una mesa con un par de volúmenes abiertos frente a él. Uno de los libros era de un tamaño descomunal, casi un metro de alto por medio metro de ancho, y un grosor importante. El otro era también grande, pero parecía minúsculo al lado del anterior. Acababa de levantarse y salir de allí, imaginé, para liberar su vejiga que ya no le funcionaba demasiado bien. Disimulando, me acerqué. Observé los grabados de ambos libros. Ambos estaban escritos en latín, aunque uno de ellos parecía ser bastante más antiguo que el otro. Me quedé mirando el primero, que pareció ejercer un hechizo sobre mí. En la página por la que estaba abierto mostraba una imagen terrorífica de Lucifer. A pesar de la atracción que ejercía sobre mí, conseguí apartar la mirada de aquel dibujo del caído y la posé sobre el otro libro. Gracias a mi educación, desde pequeño sabía leer latín, por lo que comencé lentamente a recorrer las primeras frases de la hoja que tenía ante mí. Me costó un poco, en parte porque aquello parecía ser un latín algo antiguo, pero también porque hacía muchos años que no había visto un libro. Lo que leí comenzó a resonar en mi mente; sentí un calor interior, y en ese momento una garra huesuda me atrapó por el hombro e hizo que me girase.

El hermano Zsiga me miraba con gesto aterrado. Desvió la vista hacia los libros de la mesa, y luego volvió a mirarme. Puso sus huesudas manos sobre mis hombros y me gritó.

—¿Qué has hecho, maldito insensato? ¿Podías haber caído fulminado por el saber que se encuentra atrapado entre estas páginas? ¿Te encuentras bien?

El viejo monje parecía estar preocupado de veras por mi salud, así que le aseguré que me encontraba bien, un poco mareado, pero nada más.

—Cielos, he llegado a tiempo. Un poco más y tu alma inmortal seguramente habría descendido directamente a los infiernos. ¿Qué hacías husmeando en mis cosas?

Le dije que sentía curiosidad porque desde siempre me habían atraído los libros de la biblioteca de mi familia. Me preguntó si sabía leer, y ante mi respuesta afirmativa, le escuché decirse a sí mismo que quizás aquello era bueno.

—Muchacho, eso puede haberte salvado la vida. Solo los necios caen en el abismo simplemente con mirar estas páginas. Dime, ¿has sentido algo?

Yo le dije que sí, que había sentido un ardor en las tripas que se inició en cuanto comencé a leer, y que la cabeza había empezado a darme vueltas por un instante.

—No es de extrañar. Estos libros contienen saberes arcanos, y algunos de sus pasajes fueron dictados por el maligno. Otros provienen de saberes antiguos que se remontan a épocas anteriores a la humanidad. Dioses extraños de más allá de los abismos del espacio y el tiempo, hijo.

Comenzó a contarme la historia de aquellos dos libros. El primero, el gigantesco volumen con aquella imagen del príncipe de las tinieblas, era el Códice Gigas, un libro maldito que hacía pocos años nuestra abadía había conseguido comprar a los monjes benedictinos de Podlažice, a instancias del obispo Gregorio de Praga, valedor nuestro. Tal volumen habría sido creado por un monje de allí, enajenado y con la ayuda del mismísimo Satanás. Contenía nuestros textos sagrados, excepto los Hechos de los Apóstoles y el Apocalipsis, el texto completo de la Chronica Boemorum de Cosmas de Praga, trabajos del historiador judío Flavio Josefo, las Etimologías del arzobispo San Isidoro de Sevilla, varios tratados sobre medicina del médico Constantino el Africano, un calendario, una lista necrológica de personas fallecidas y una serie de curas medicinales y encantamientos mágicos, entre otros textos.

El otro volumen, más pequeño, era el terrible Liber Ivonis, o Libro de Eibon, cuyos orígenes se remontan a la antigua Hiperbórea. Yo había oído hablar de aquel libro, y sabía que ciertos conocimientos allí encerrados no eran de este mundo. El anciano monje, entre dudas acerca de lo que podía o no contarme, me explicó que el libro describía varios de los viajes de Eibon, incluyendo su periplo al Valle de Pnath y su tránsito al planeta Shaggai. También incluía los rituales de veneración al dios Zhothaqquah, así como fórmulas de perdidos saberes arcanos.

Me contó, además, que tenía la teoría de que entre ambos existía una conexión, que tenía que ver con la posibilidad de alargar la vida más allá de lo que pueda ser natural. Sus investigaciones le habían llevado a descubrir que ese conocimiento se describía en el Libro de Eibon en sus orígenes, pero que poco a poco, a través de eones de copias y traducciones, se pervirtió el contenido de aquellos capítulos. Sin embargo, aquel conocimiento que había sido casi eliminado de aquel volumen arcano se introdujo, pervivió durante los siglos venideros, y fue codificado de alguna forma extraña en el Códice Gigas. Su objetivo era revisar ambos grimorios para conseguir descubrir y descifrar aquel saber.

Yo me debatía entre la incredulidad por la fantástica historia que me estaba contando, y la fascinación que sentía hacia aquellos libros. Sin duda, la seguridad con la que me contó aquello me hizo inclinarme a favor de creer su historia. Viendo que me quedaba pensativo, dijo.

—Me vendría bien un ayudante. El trabajo será peligroso, y no podrás abandonar tus quehaceres. Aunque yo haré por suavizar tus tareas, de eso no te preocupes. La locura, o quizá algo peor, te acechará en todo momento. Pero el premio del conocimiento será inmenso cuando lo consigamos. —Al monje pareció que se le iluminaban los ojos al decir aquello—. Yo ya estoy muy viejo, pero no querría abandonar esta tierra sin alcanzar mi objetivo. Así que necesito apresurarme. ¿Me ayudarás, muchacho?

Apenas me lo pensé, y le dije que sí de inmediato. Se acercaba el oficio de Sexta, por lo que el monje me dijo que comenzaríamos al día siguiente. Así que reanudé mi tarea, hasta que sonó la campana.

Aquella noche me costó conciliar el sueño. Imaginaba seres extraños rondando por nuestra sala dormitorio, espíritus acechándome debajo de mi cama, que en mis ensoñaciones se había convertido en un libro inmenso que amenazaba con asfixiarme bajo sus hojas pesadas, repletas de imágenes obscenas del señor de la oscuridad y sus demonios.

La jornada siguiente la inicié con gran nerviosismo. Al finalizar el oficio de Laudes vi cómo el hermano Zsiga me hacía una señal, así que me dirigí tras la misa al scriptorium. El anciano monje comenzó entonces a instruirme en secreto en los misterios de aquellos dos grimorios y en los secretos que se hallaban encerrados entre sus páginas. Me enseñó la labor que él realizaba de comparación e investigación de los contenidos de ambos volúmenes, y los problemas que la traducción latina del

Libro de Eibon, algo defectuosa, planteaba para nuestros planes.

Siguieron varios meses de estudio a escondidas y de trabajo frenético para completar mis tareas habituales. Acababa cada día reventado y con la cabeza repleta de formulas misteriosas, frases ininteligibles o simplemente pasajes cuya traducción descuidada carecía de sentido real en el contexto en el que se encontraba. Pero el anhelo de conocimientos arcanos había sido sembrado en mi alma y solo Dios sabía cuál sería el fruto final de aquella ansia desmedida.


## II


Cuando se cumplieron tres años desde mi entrada al monasterio, finalmente dejé de ser oblato para ser ordenado novicio, junto a algunos de mis compañeros. Mi nuevo grado cambió poco mis obligaciones, aunque las tareas más pesadas fueron siendo puestas en manos de nuevos oblatos que habían ido ingresando en los últimos años. Todo ello desembocó en una mayor cantidad de tiempo dedicada al estudio, lo cual, para la tarea que nos habíamos impuesto el hermano Zsiga y yo, era perfecto.

Durante todo ese período avanzamos muy despacio. Era indudable que había ciertos capítulos del Libro de Eibon que habían sido intercalados, de manera premeditada, en algunos de los textos del Códice Gigas, pero las traducciones no coincidían del todo y a veces nos pasábamos semanas estancados en cierto versículo, o en una palabra del todo desconocida. Sin embargo, con el paso del tiempo fui teniendo muy claro cuál era el potencial de aquel misterio que aquel viejo monje quería desvelar.

El hermano Zsiga y yo creíamos haber descubierto una fórmula mediante la cual el alma de alguien iniciado en estos conocimientos podía proyectarse dentro del cuerpo de otro individuo, robándole la esencia de su espíritu y apoderándose de su cascarón mortal. Hacía tiempo que habíamos llegado a la conclusión de que aquellos estudios entraban dentro de lo que mucha gente habría tildado de brujería, hechicería o magia negra, por lo que todos nuestros estudios y experimentos los manteníamos en el más absoluto secreto. Nuestras creencias ortodoxas en un Dios justo y un infierno ardiente fueron superadas por este nuevo saber arcano que nos amplió los horizontes y que amenazaba en transformar por completo nuestra existencia. En aquellos días, yo temía menos por nuestra alma inmortal que por nuestra cordura e incluso nuestra vida.

Cierto día mis sospechas sobre el alcance de aquel secreto se confirmaron de la manera más trágica posible. Una noche, después del oficio de Completas, nos escabullimos hasta el scriptorium para efectuar nuestra primera gran prueba. Para su ejecución necesitábamos la colaboración de una tercera persona. Yo había tanteado en las últimas semanas a uno de los chicos nuevos, muy espabilado, y le había convencido para encontrarse conmigo allí. El muchacho, que no tendría ni los trece años cumplidos, apareció al poco de llegar yo, aterido de frío pero con un brillo en la mirada. Sentí lástima por él por un momento, aunque en realidad no sabía bien cuál iba a ser el desenlace de nuestra prueba. Fue entonces cuando apareció el hermano Zsiga, lo cual asustó un poco al chico, pero se quedó tranquilo cuando le dije que ambos habíamos venido a ayudarle.

La tarde anterior habíamos preparado el objeto más importante de aquella sesión, una especie de poción mágica. Para ello mezclamos una serie de sustancias en una redoma, y colocamos una pequeña cantidad de la mixtura resultante en una minúscula ampolla de vidrio traslúcido. Después, recitamos un conjunto de versos en una lengua extraña, desconocida anteriormente para mí, pero que mi maestro había estudiado hacía muchos años. Sus raíces se hundían en las épocas sombrías de la formación de la Tierra, siendo su antigüedad mayor que la de las primeras tribus humanas. Al terminar nuestra salmodia, el líquido del interior de la ampolla había comenzado a brillar con una luz azulada, y así permaneció hasta el día siguiente.

Le pedimos a aquel chico que se sentase, que sujetase aquel objeto y que no dejase de mirarlo, mientras el anciano monje comenzó a enunciar una letanía en aquella lengua ya casi olvidada. Llevábamos ya un rato, el chico mirando la ampolla de vidrio a la vez que ésta le iluminaba el rostro y mi maestro repitiendo aquellas palabras, parecidas a un ligero canturreo en voz baja. Estábamos en el centro del scriptorium casi en total oscuridad. Entonces ocurrió. El viejo cayó al suelo como un enorme saco de pienso, quedándose con los ojos completamente en blanco y sin moverse. Parecía muerto. En ese momento el chico primero comenzó a temblar, para luego convulsionar bruscamente. Sus manos no pudieron sujetar la pequeña ampolla rutilante y ésta se estrelló contra las baldosas de piedra de la estancia, haciéndose añicos y extinguiendo su luz. Iluminado ahora por un simple cirio, y aunque el chico no dejaba de agitarse, pude ver cómo su rostro se iba transmutando en el de aquel anciano que yacía en el piso empedrado, una carcasa vacía de alma. De pronto el muchacho giró su cabeza hacia mí, con aquel nuevo rostro que no era el suyo, y en sus ojos pude atisbar el alma del viejo monje, que me miraba desde lo profundo de otro ser, y me decía sin hablar que lo había conseguido. O casi.

De repente se le pusieron los ojos en blanco y comenzó a gritar. Me alarmé. Si nos descubrían sería mi fin, y el fin de aquellas investigaciones. Comencé a sentir un terrible pánico, y por instinto reaccioné tapándole la boca. Como no dejaba de moverse me resultaba difícil estando frente a él. Entonces me situé a su espalda y conseguí sofocar sus gritos con ambas manos. En unos momentos dejó de moverse. Mis esfuerzos por hacerle callar le habían impedido respirar. Le había matado.

No sentí temor ni remordimiento alguno. Tan absorbido por aquel afán de conocimiento estaba, que me inundó un gran alivio por no haber sido descubierto. Como pude, me deshice del cadáver del chico echándolo a un pozo negro que teníamos en el exterior del monasterio. Removí unas zarzas cerca de la tapia exterior del monasterio para que pareciese que el muchacho había escapado. Luego cargué con el hermano Zsiga hasta su celda y lo dejé en el suelo. Parecería que la vida le había abandonado mientras oraba. Limpié y ordené la zona del scriptorium donde había ocurrido todo, y fui a acostarme.

Al día siguiente se descubrió el cuerpo del hermano Zsiga. Todo resultó como tenía planeado. Alguien mencionó que un oblato estuvo ausente durante Laudes y todos comenzaron a buscarlo. Se encontraron restos de ropa entre unas zarzas y todos asumieron que aquel chico se había marchado de allí. Ningún cabo quedaba suelto, así que dejé de preocuparme.

Los días siguientes, no obstante, evité el scriptorium. Reflexioné sobre el resultado de nuestro experimento, un éxito a medias. Mi maestro había conseguido poseer el cuerpo de aquel chico, pero al final el desenlace no fue el esperado. En mi fuero interno imaginaba que aquellos gritos provenían del alma del pobre diablo, intentando aferrarse a su naturaleza y tratando de evitar que mi maestro lo sometiese bajo una voluntad férrea. Pero si todo hubiese resultado bien, el alma del joven habría quedado automáticamente anulada, arrinconada en lo más profundo de un ser aún sin madurar. Quizá habíamos fallado en la elaboración de aquella pócima. O tal vez no habíamos ejecutado el hechizo con suficiente convicción. Tenía que averiguar lo ocurrido, pero no sabía cómo hacerlo sin descubrirme ante el abad y los demás monjes.

La solución apareció ante mí por sí sola cuando el propio abad me llamó a su despacho. Era consciente de que en los últimos tiempos había estado ayudando al hermano Zsiga en el scriptorium, aunque dudo que supiera nada de nuestras investigaciones. Me interrogó acerca de mis conocimientos sobre lenguas cultas, volúmenes sagrados, escrituras y grimorios. Yo me cuidé mucho de hacerle ver que conocía más de lo que cualquier alma cristiana debería saber, pero aun así quedó asombrado por la extensión de mis capacidades. Así que me destinó a ocupar el lugar del monje fallecido. Aquello era un tremendo honor para un simple novicio, me recalcó, por lo que esperaba de mí que trabajase aún más duro que hasta entonces.

Siguió una larga temporada de trabajo en el scriptorium traduciendo antiguos escritos, libros provenientes de las bibliotecas de antiguos emperadores y reyes, o compendios de legajos traídos quién sabe de dónde. Con el tiempo, mi conocimiento en algunas de las lenguas más extrañas y antiguas que jamás se hablaron en este mundo, se amplió. Éste, adquirido en gran parte por el trabajo con mi maestro, me granjeó una reputación de especialista en los más exóticos y arcanos trabajos que escriba alguno pueda haber creado. Los textos más antiguos, más extraños y peor conservados eran traídos a mi presencia. Y yo hacía lo posible por extraer de ellos todo el conocimiento que ocultaban, en muchas ocasiones reservándome las mejores partes.

Pasaron los años, y mi autoridad en temas de textos antiguos y lenguas desconocidas creció de forma notable. Tanto, que también aumentó mi preponderancia sobre casi la totalidad de los miembros de la congregación, así como mis privilegios. Numerosos servicios a algunas de las casas más importantes de Bohemia, Moravia y Styria supusieron mi ascenso en la escala social, en cuanto a contactos y amistades entre los poderosos. El abad no estaba demasiado contento conmigo, tal vez por celos, pero me dejaba bastante libertad de movimiento, dado que hacía ya tiempo que le había quedado claro que no ansiaba su puesto ni en lo más mínimo.

Entretanto, mis investigaciones me llevaron a dominar el conjunto de habilidades que había estado estudiando con mi maestro. Encontré que existían dos maneras de controlar el proceso de transferencia de consciencia y conocimientos, de mi mente al cuerpo de otra persona. El primero, lamentablemente, era destructivo para el ser que efectuaba el ritual, para mí en este caso. Consistía en el trasvase del espíritu a un objeto misterioso construido con cierto material extraño y desconocido. El cuerpo del oficiante quedaba así vacío, sin alma, y comenzaba a destruirse de manera acelerada. A partir de ese momento, la contemplación prolongada de aquel objeto arcano permitía la migración del espíritu allí encerrado al cuerpo del individuo que lo observaba. Éste se iba transformando de forma paulatina en el primer sujeto, incluso a nivel físico, hasta que se completaba la transformación. En ese momento, el alma atrapada del pobre portador quedaba reducida a la más pura insignificancia, y el espíritu invasor se apoderaba por completo de su cuerpo. Solo cuando el objeto era contemplado por un nuevo sujeto, y se realizaba una nueva transferencia, era abandonado el cuerpo del portador original.

Sin embargo, este método tenía dos problemas fundamentales. Primero, era un proceso unidireccional. En caso de comenzar a usar esta estrategia, mi cuerpo quedaría reducido a cenizas, y no habría vuelta atrás. El segundo problema era que no disponía de aquel objeto extraño, necesario para actuar de portador de mi espíritu. Habría de encontrarlo, y no sería fácil.

Ya he mencionado, no obstante, que existía un segundo método para realizar esas transferencias. Éste consistía en la ejecución de cierta ceremonia, semejante a la que el hermano Zsiga había efectuado con aquel pobre chico. En este caso, el cuerpo del oficiante quedaba vacío de alma, al transferirse ésta a su nuevo huésped, pero no sufría deterioro alguno. Existía además una fórmula de regresión al estado inicial, lo que en ciertos casos podría ser muy conveniente. Decidí que éste sería mi método elegido, al menos hasta encontrar el artefacto misterioso. También decidí que comenzaría a ejercitar mis nuevas habilidades con ciertas personalidades de la corte. Era hora de un cambio de ambiente.


# III


Recuerdo que el día que cumplía veinticinco años, aún en el monasterio, dije adiós al abad y a mis compañeros, y me trasladé al castillo de Špilberk en Brno, capital morava, ya que había forjado una sólida amistad con los señores de aquella ciudad y deseaban adoptarme para ejercer de su consejero espiritual. En Brno conseguí labrarme un nombre como especialista en lenguas arcanas ya desaparecidas y textos antiguos de todo tipo. Mi fama creció más de lo que la prudencia habría aconsejado. Al principio era aún joven e inexperto, y el poder y la posición que aquello me otorgaba nubló mi mente. Más tarde, mi ego estaba henchido de poder. En la intimidad de la señora del castillo llegué a comportarme de manera libertina, dando rienda suelta a los placeres de la carne como jamás había imaginado. El paso de los años me tornó más cruel, a la vez que desplegaba una gran red de dependencias por la corte. Por mi cama pasaron la mayoría de las damas y muchas de las doncellas que residieron en el castillo, pero mi poder sobre sus mentes y mi ascendencia sobre la señora duquesa me impedían sentir temor alguno. Me creía todopoderoso.

Así fue que, tras una vida entera de humillar a ciertos cortesanos, con más bolsillo que cerebro, se unieron todos ellos para hacerme pagar en mis carnes los escarnios sufridos en los pasados cuarenta años. Fue el amor no correspondido de la pobre duquesa, ya entrada en años como yo, la que me advirtió del fin que me habían preparado. Planeé entonces mi última fechoría, tomé al hijo menor del cabecilla de aquella hueste de nobles ignorantes, y le conduje con engaños a uno de mis laboratorios. Era un joven con pocas luces, pero mucho interés en los saberes arcanos, y yo había tomado contacto con él y le permití ciertas libertades para atraerle hacia mí. Con veintidós primaveras, era el espécimen ideal para realizar un cambio de vida.

Ya en el laboratorio, le expliqué que quería realizar un experimento de regresión mental, y que él sería el protagonista principal. Sin cuestionarme en ningún momento, bebió la infusión que le había preparado, y que no haría sino mantenerlo consciente y atento, pero inmóvil, paralizados sus principales músculos motores y dejándole enteramente a mi merced. Así, sentado él en un amplio sillón de madera, efectué los pases necesarios y recité la fórmula que años atrás me descubriese mi maestro, el hermano Zsiga, y que había ido perfeccionando y corrigiendo con el tiempo. Mi propósito último era transportar mi consciencia al cuerpo joven y robusto del muchacho, fingir mi muerte, y marchar de allí con un destino claro: viajar al lejano oriente, donde había leído que se encontraba la antigua y olvidada Meseta de Leng, donde encontraría un monasterio oculto que mantenía encerrado bajo siete llaves aquel objeto misterioso que desde hacía tanto tiempo estaba buscando. Durante muchos años fui elaborando una red de contactos que ahora, llegado el momento, me suministrarían el dinero y los recursos necesarios para tal viaje.

Y así fue. Me senté en otro sillón de madera similar frente a mi invitado y sentí cómo, en cierto momento del ritual, abandonaba mi cuerpo y me introducía a través de la piel en el del joven. Sentí también cómo mi voluntad arrinconaba su incipiente y débil conciencia, y tomaba posesión plena de su ser. Tuve que esperar unos minutos a que se pasase el efecto de la droga y volviese a tener movilidad plena. Resultaba extraño contemplar mi cuerpo desmadejado, sujeto a duras penas sobre el asiento de madera, desde los globos oculares de otra persona. Pero me encontraba estupendamente, lleno de un vigor que hacía mucho tiempo había perdido. Me levanté, recogí algunas cosas y prendí fuego al laboratorio. Escapé por un pasaje secreto que comunicaba uno de los pasillos de los sótanos del castillo con una cueva en el exterior del mismo, y huí de allí sin mirar atrás. Encontrarían mi cuerpo calcinado y deducirían que había muerto víctima de alguno de mis experimentos.


# IV


Tras aquel día estuve viajando durante meses. Mis preparativos de años me proporcionaron una pequeña escolta de mercenarios, caballos, unos carros donde transportar nuestras provisiones y todo mi material, ropas y riquezas, así como una pequeña carroza para mí mismo. Viajamos hacia el este. Me hacía pasar por un joven príncipe erudito del norte, corto en edad pero de amplios conocimientos en saberes arcanos. Aquello me abrió muchas puertas en diversos reinos a lo largo de nuestro camino. Estuve incluso tentado de establecerme en alguno de los palacios que íbamos dejando atrás. Pero el ansia por poseer aquel artefacto más antiguo que la misma humanidad era más fuerte.

Año y medio tras nuestra partida llegamos a Xi'an, en la antigua China. Mis conocimientos me permitieron conseguir un lugar en la corte del emperador Zhu Yuanzhang, de la primera dinastía Ming. En la corte pronto adquirí relevancia como sanador, astrólogo y consejero, pues mis conocimientos eran muy superiores a los de los charlatanes que ejercían tales cargos.

Con el transcurrir de los años llegué a averiguar exactamente la localización del Monasterio de Leng, donde guardaban la gema de Hoth, pues así se llamaba la piedra que buscaba. Era un lugar sagrado al oeste de lo que más tarde se conocería como Mongolia. Con mi influencia sobre el emperador, y con promesas de vida eterna y de un poder semejante al de los dioses, conseguí que enviase un tremendo ejército bajo mi mando. Arrasamos el lugar. Por fin tenía en mi poder mi ansiado tesoro.

Durante muchos años el emperador fue cómplice de mis movimientos. Le hice partícipe de mis investigaciones y de las posibilidades que ellas brindaban, y siempre estuvo dispuesto a apoyarme. Hasta que se volvió demasiado ambicioso. Así resultó que cierto día descubrí una conspiración para hacerse con todo lo que yo poseía. Bastó una pequeña sesión conmigo para reducir su existencia a la de mero mendigo al transferir su alma a la de un pobre indigente que hice trasladar a mis habitaciones una noche. Tras ser descubierto en los aposentos del harén del emperador con el cuerpo de una de sus concubinas cosido a puñaladas, el pobre diablo fue ajusticiado delante de todos. El cuerpo del emperador fue encontrado más tarde en su cama, aparentemente despierto y vivo, pero sin luz de consciencia en sus ojos. Un cascarón vacío.

Salí de la corte de nuevo, esta vez en el cuerpo de un joven paje de palacio, y me dirigí hacia Pingyao. Allí volví a establecerme y a escalar socialmente. Mi fortuna, dispersa por numerosos lugares, así como una serie de personas que me servían en la sombra, gracias a unas generosas retribuciones, hacían que mi vida volviese a ser tranquila.

Fue allí donde enlacé mi existencia a la de la gema de Hoth. Durante el ritual, sentí cómo una parte de mi alma se desgajaba de la misma de forma terrible para incrustarse en lo más profundo de la gema. El resultado inmediato fue casi tres días en cama con fiebre. Pero valió la pena. Desde aquel momento, cualquiera que observase fijamente la gema caería sometido a mi voluntad, y mi consciencia se apoderaría de su cuerpo, sin importar cualesquiera llanuras inmensas de espacio y océanos de tiempo. Ya con la cáscara de su ser en mi poder, podría incluso cambiar su aspecto para tomar la apariencia de mi yo real.

A partir de aquel día y en los años siguientes, ¡qué digo años, siglos!, fui cambiando de lugar de residencia cada cierto tiempo. Volví a viajar, esta vez hacia el oeste. Me establecí en Constantinopla, poco después de la caída de Bizancio y tras el establecimiento del imperio otomano, cuando el sultán comenzaba a forjar fuertes relaciones con los Médici. Me desplacé a Dubrovnik a comienzos del siglo siguiente para estar más cerca de mis orígenes. Viajé a Taroudant, en Marruecos, junto a Mohammed ash-Sheikh, de la dinastía Saadi, para servir en su corte. Di el salto en el primer cuarto del siglo XVII a Carcassonne, en Francia, cuando las cosas se pusieron difíciles. Allí viví el gran incendio que casi la destruyó, y tras su decadencia como bastión militar me trasladé al Ducado de Milán, en su período español. Posteriormente, ya en el siglo XVIII, cambiaría de nuevo de vida, primero en París, durante unos años, para terminar el último cuarto de siglo en York, Inglaterra. Ya bien empezado el siglo XIX me establecí como profesor y clérigo erudito, proveniente de los Países Bajos, en Svernford, en el Severn River Valley, a orillas del río Severn y muy cerca de Brichester y de su universidad.


V


A lo largo de todas aquellas vidas vividas en cuerpos ajenos, con sus almas sometidas a mi voluntad, fui dejando atrás mi humanidad, mi empatía con otros seres humanos. He aprendido que sentirme parte del género humano no es más que un estorbo. Mis conocimientos, mi mente superior, mi alma inmortal, me han convertido casi en un dios. Para mí, la humanidad no es más que una herramienta más.

Mi afán de conocimiento continuaba intacto, y mis estudios me llevaron a realizar descubrimientos notables. Supe de mundos que se ocultan en los pliegues de nuestra realidad, inabarcables para nosotros, pero donde moran seres que no querríamos conocer. Alcancé a conocer sabios que habían trascendido el tiempo y alcanzado, con su sola contemplación, épocas arcanas del universo, antes de la existencia de la vida misma en la Tierra. Establecí contacto con numerosos cultos obscenos que adoran a dioses primigenios y cuyos místicos profetizan su vuelta a la existencia. Todo esto, y mucho más, se convirtió en materia de estudio para los años y siglos por venir.

También descubrí que existían unas piedras semipreciosas, de un color indefinible, probablemente caídas del cielo, provenientes de otro mundo, que emitían una luz que interaccionaba con la gema de Hoth, perturbando mi enlace con ella en cierto modo. Cualquiera que iluminara la gema con esa luz maldita de allende las estrellas estaría en disposición de invocarme a través de los siglos. Por supuesto, estaba preparado. Cualquier persona que se atreviera a ello caería inmediatamente en la tela de araña de mi férrea voluntad. Me apoderaría de su ser, como ya había hecho en multitud de ocasiones.

Los primeros años en Svernford y la universidad de Brichester fueron tranquilos. Desplegué, como otras veces, mi red de influencias. Mi fachada de hombre de fe me proporcionó acceso a las mejores familias del condado. Si bien no disfrutaba del lustre y la posición de un consejero real, mis planes pasaban por mantener durante unos años un perfil discreto en la comunidad con el fin de ahondar en mis estudios sin preocuparme demasiado por conspiraciones palaciegas y otros temas similares.

Sin embargo, no conté con la envidia y la estrechez de miras de algunos colegas del claustro. Desde el principio, un grupo de prestigiosos profesores expresó sus dudas sobre mis capacidades, incluso sobre mis orígenes, sin duda estimulados por mi aparente juventud y por mi aspecto. Había tomado la apariencia de uno de mis últimos criados en York, un muchacho italiano de piel cetrina y espesa pelambrera morena. Aquello contrastaba con mi supuesta ascendencia holandesa.

Pronto mis aptitudes quedarían patentes. No obstante, la desconfianza y una especie de rencor incomprensible continuó creciendo dentro de ellos. Intenté ignorarlos, dispuesto a mantener la discreción en la medida de lo posible. Pero continuaron acosándome durante años. Así que, dispuesto a acabar con esa situación, conseguí atraer al cabecilla del grupo, al decano Edwards, a una de las salas de la universidad, donde tenía dispuesto todo para una de mis transferencias. Aunque aquella vez el destinatario de las consciencia de mi enemigo sería un animal, un perro sarnoso que encontré en la calle. Hacía ya tiempo que había conseguido incorporar animales a tales experimentos, y bullía en mí de gozo imaginando cómo aquel ilustre caballero iba a acabar sus días en forma de bestia a cuatro patas. El ritual fue un éxito, y casi creí imaginar un brillo particular en los ojos del animal, de súplica, una mirada de terror, cuando expulsé al bicho a la calle fría , mientras una lluvia menuda le empapaba el pelo. El cuerpo exánime del viejo profesor lo abandoné en una sala contigua, y me marché a casa.

Fue al día siguiente cuando ocurrió algo que cambiaría mi mundo, un suceso que me tiene obsesionado y que arruinó la existencia que hasta ese momento había llevado. Me encontraba en la buhardilla de mi casa, a la cuál se accedía por una escalera de madera, y donde tenía escondidos la mayoría de los grimorios y textos arcanos que fui recopilando durante siglos. Mi criado y confidente, Jacob, me había dicho que por la mañana unos muchachos de la universidad encontraron al decano Edwards en estado catatónico, aparentemente sin vida, y que el resto del grupo de acosadores a mi persona había confabulado para culparme de aquello. Según él, podían presentarse en mi caso en cualquier momento.

La premura en las palabras y expresiones de aquel buen hombre me hicieron pensar que, aunque aún no me sentía del todo preparado, era hora de desaparecer. Percibía un peligro que podía acabar incluso con mi vida. Además, esta vez habría de moverme con premura. Debía llevarme solo lo imprescindible. Y no podía dejar aquellos libros atrás, pues sólo servirían para incriminarme y, quizá, para darme caza por medio de algún hechizo o ritual. Tampoco tenía medios para ocultarlos en lugar alguno que soportase una búsqueda exhaustiva por parte de mis perseguidores. Además, encontrarlos escondidos podría proporcionarles la excusa definitiva para desacreditarme o incluso incriminarme. Por tanto, y dado que disponía de una vieja chimenea en esa buhardilla, decidí, con todo el dolor de mi alma, que lo mejor sería arrojar al fuego todos los documentos. Con presteza comencé a alimentar las llamas con libros, pergaminos y todo tipo de material que no podría llevar conmigo. El fuego dio cuenta de forma rápida y efectiva de todos ellos, y muy pronto siglos, milenios de conocimiento, quedaron reducidos a cenizas.

Cuando consumió la última de todas aquellas hojas llenas de sabiduría arcana, escuché ruidos de alboroto en la entrada de mi casa, en la planta baja. Una fuerte discusión, voces en tono acalorado. Una de ellas era sin duda la de mi criado, que con buen hacer intentaba bloquear el paso a las demás personas. Pero otra sobresalía sobre las demás, y no conseguía identificarla, aunque parecía encontrarse a la cabeza de aquella comitiva que tenía como propósito acabar conmigo. Me dispuse a esperarles y enfrentarme a ellos con el mejor de mis talantes, dado que sin mis libros y sin prueba alguna de poco podían acusarme.

En ese momento comenzaron a ascender por la escalera de madera que daba acceso a aquella estancia por la trampilla del suelo. Para mi sorpresa, en primer lugar de la indeseable comitiva apareció el mismísimo obispo de Brichester. El decano parecía haber querido tener a la iglesia de su lado, y era bien conocida la animadversión que el obispo sentía por mí. Tras él, otras cuatro personas, dos pertenecientes al claustro de la universidad y uno de ellos el ayudante del obispo, subieron también a la buhardilla y se situaron frente a mí. Tras unos instantes, en los cuales todos los presentes inspeccionaron visualmente el lugar, el obispo comenzó a increparme. Me acusó de herejía, de pactos con el diablo y de otra gran cantidad de sandeces. Mirando a la chimenea, y dándose cuenta de cuál acababa de ser mi tarea, me dijo que aquello no me iba a servir de nada, que volvería con soldados de la guardia del duque, y me apresarían, para ser interrogado por la Santa Inquisición, de la que él mismo formaba parte. Tras aguantar una retahíla de insultos por parte del obispo, se marcharon, no sin antes amenazarme de nuevo y recordarme que pronto estarían de vuelta.

Me di cuenta de que no me serviría de nada huir sin más. Conseguirían darme caza. Aquello no se reducía a una acusación por despecho o buscando más poder en la universidad. El decano había conseguido involucrar al Santo Oficio, y llegado el caso éstos podrían destruirme. Necesitaba más tiempo. Y para ello, pensé en que lo que mejor podría venirme era mi propia muerte. Es decir, la de mi cuerpo.

Decidí por tanto fingir mi suicidio. Un hombre desesperado, sin duda acosado por el arrepentimiento, y temeroso de la tortura a la que pronto le someterían, no pudo resistirlo y se había quitado la vida. Eso sería lo que pensarían aquellos pobres ignorantes. Y eso es lo que tendrían: el cuerpo de un hombre, mi cuerpo, sin vida. Solo que yo, mi esencia, mi alma inmortal, habría escapado de su cascarón, para habitar algún otro que tuviera a mano. El de mi viejo Jacob, por supuesto.

Llamé a Jacob. Cuando me contestó, le dije que preparara un hatillo con ropa suya, y que dejase a mano su capa con capuchón. Mientras hacía lo que le había ordenado, situé una silla en medio de la habitación, bajo un grueso travesaño de roble negro, de los que soportaban el tejado. Cogí un rollo de cuerda que tenía en un rincón, la anudé a un gancho que colgaba de aquella viga, justo sobre la silla, y comencé a hacer un nudo corredizo. En cuanto subiera Jacob, me pondría el nudo al cuello, subyugaría su espíritu hasta tenerle en mi poder, me transferiría a su cuerpo, y le daría una patada a la silla. Una vez transferido a la nueva carne, huiría de allí en la forma de un pobre desgraciado que casi nadie conocía.

Entonces ocurrió algo muy extraño. En un rincón de la habitación, que se encontraba en penumbra, vislumbré una cara. Era algo muy misterioso, pues su imagen aparecía en una superficie transparente, con ligeras tonalidades iridiscentes, como la superficie de una pompa de jabón, y era difícil de apreciar. No obstante, si uno se fijaba bien, ahí estaba. Llevaba unas ropas extrañas, y sentí que llevaba observando largo rato.

La presencia se percató de que le veía. Y yo comprendí de inmediato qué estaba ocurriendo. La gema de Hoth, tenía que ser eso. Desde algún tiempo aún por venir, alguien había obtenido aquella gema, y mediante su observación sin duda pudo acceder a aquel instante de mi propia vida. Sonreí. Era la solución a todos mis problemas. No necesitaría a Jacob al fin y al cabo.

Poco a poco, descendí de la silla, sin quitar los ojos de encima a aquella presencia, con la trampilla de acceso a la buhardilla detrás de mí. No quería que mi invitado se asustase. Debía acercarme para poder someterlo a mi voluntad. Sorprendido, el hombre se puso en guardia, y comenzó a buscar algo con premura entre sus ropas. Sacó un artefacto extraño, hecho de metal, y me apuntó con él.

No sé qué era ese instrumento, aunque parecía emitir algún tipo de luz, de un color indescriptible, que perturbaba de alguna manera la superficie transparente a través de la cual le veía. Sin embargo, pronto sentí algo dentro de mí. Noté mi alma retorcerse dentro del cuerpo que ahora habitaba, mi cuerpo. Cerré los ojos de dolor y creo que grité. Pude vislumbrar, aun con los ojos cerrados, el horror de mil años de muerte. Al mismo tiempo, imagino que por efecto de aquella luz, mi rostro comenzó a arder por dentro. El dolor comenzó a ser insoportable. Al dolor físico se unía una terror espiritual al sentir cómo mi alma iba siendo arrancada a jirones de mi cuerpo por esa luz obscena. Sin poder aguantar más tal tortura, comencé a retroceder. Por desgracia, olvidé que la trampilla se encontraba a mi espalda, y caí por el hueco de la escalera.

Jacob aguantó mi peso, pues en ese momento él se encontraba a punto de subir. Tras un tremendo golpe, aturdido, le dije que me ayudase a levantarme. Pero, cuál no sería mi sorpresa, cuando comenzó a interrogarme, a preguntarme quién era, y qué hacía allí. Sin poder razonar con él, hice un esfuerzo por someterle, sin éxito. ¿Qué me ocurría? ¿Había sido el golpe? Sin poder anticiparme a sus intenciones, Jacob me soltó un puñetazo en la cara, y perdí el conocimiento durante un rato. Cuando me desperté, me encontraba atado a una silla, con Jacob colocado frente a mí, preguntándome por su amo. «¡Soy yo, imbécil, suéltame!», le escupí a la cara, preso de la rabia y la impotencia.

No entendía por qué Jacob no me hacía caso. En ese momento, de manera instintiva, me giré hacia la ventana. Estaba anocheciendo, y aunque la luz era tenue en la sala, pude ver mi reflejo en los cristales sucios. ¡Mi rostro había cambiado! ¡Los cristales reflejaban el rostro de ese hombre, el del rincón de la buhardilla, que sin embargo era el mío! ¿Qué sucedería ahora? ¿Habría de vivir el resto de mi vida con ese aspecto? ¿Y mis poderes? Dirigiéndome a Jacob, intenté recitar uno de los hechizos más sencillos que conocía, uno que nublaba el entendimiento de las personas sólo por un brevísimo lapso de tiempo. Pero no pude. ¡Ni siquiera lo recordaba! Con un sudor frío recorriendo ahora mi frente, hice el intento de evocar alguno de los pasajes de uno de mis grimorios favoritos. ¡Mi mente estaba en blanco! ¡Aquel hombre, con su horrible artefacto y su luz misteriosa, me había robado mi rostro y todos mis conocimientos!

Y aquí me encuentro ahora, preso en las mazmorras de la Inquisición, acusado de haber matado a un hombre, que soy yo mismo. Y retorcido sobre el limo pringoso de esta prisión, entre heces y humores de docenas de cuerpos en descomposición que se apiñan por los rincones, me encuentro ante una disyuntiva. Por un lado, la confesión de los delitos de los que se me acusa, para evitarme la lenta agonía de la tortura; y por el otro, la declaración de quién soy en realidad, de cuántas vidas he vivido, de cómo los maldigo a todos ellos y de cómo devoraría sus espíritus si pudiera. Ni una cosa ni la otra habrán de librarme del terrible sufrimiento del infierno, donde mi alma sin duda acabará penando. Pero mi voluntad es férrea, y trasciende a la muerte, por lo que algún día he de volver para hollar de nuevo este mundo infecto, y vivir las vidas de mil hombres.

# *Oscuridad*

A Samuel le gustaba mirar por la ventana. Disfrutaba viendo llover, sobre todo si lo hacía con abundancia. Le encantaba ver cómo las gotas de lluvia caían en los charcos que se formaban cerca de la casa, cómo sus superficies de agua crepitaban, como si fuese el contenido de marmitas al fuego. Miraba hacia el resplandor que rodeaba al viejo farol, que solía mantener encendido durante la noche a las puertas de la cerca que circundaba la granja. Al trasluz podía ver la lluvia, y le parecía que podía contar todas y cada una de las gotas que caían del cielo.

Ahora, sin embargo no había luz. No veía la lluvia, aunque la sentía, muy dentro de sí. Como sentía el viento arremeter contra los muros de madera de la cabaña. Ni siquiera veía la tibia claridad que a través de los sucios cristales debería proyectarse en el suelo del exterior de la casa. No veía nada. La más profunda oscuridad le parecía que absorbía toda la luz del mundo, e incluso creía sentir como si poco a poco, desde el otro lado de la ventana, le fuese succionando el alma.

En aquel momento no habría sido capaz de decir cuánto tiempo llevaba mirando por la ventana. Quizá hacía largo rato, pues sentía sus brazos ya fríos. ¿Debería haber amanecido ya? ¿Había pasado ya la hora de que el astro rey asomase su regio fulgor por encima del horizonte? La verdad, no lo sabía. En realidad, se despertó en medio de la noche, encendió la vieja lámpara de aceite que reposaba aún encima del pequeño montón de libros que hacía las veces de mesita de noche, y se dirigió hacia la ventana para mirar hacia afuera; y allí quedó como hipnotizado. De modo que no era capaz de razonar acerca del tiempo que había permanecido, enfundado en su raído camisón, asomado al vacío nocturno.

La inquietud que sentía cristalizó en un escalofrío que le recorrió la espalda: su instinto le decía que algo no cuadraba. Alguna parte de su cerebro, atormentado durante los últimos años, le decía que aquella situación tenía algo de extraño. Pero por más que le torturasen —como solía él decir medio en broma, aunque con unos ojos que hacía ya tiempo que no brillaban—, jamás habría sabido decir qué es lo que hacía que aquella noche no fuese normal.

Despacio, se alejó del rincón que ocupaba, y se dirigió de nuevo a la cama. Allí se sentó al lado de su improvisada mesita de libros y puso su decrépita mano sobre la polvorienta superficie del último tomo al lado de la lámpara. Acariciando su superficie, se dio cuenta de que le quedaba poco tiempo antes de que el aceite se le agotase. Al día siguiente se acercaría al pueblo, y compraría más. Hacía tiempo que necesitaba acercarse a las cuatro casas que, ladera abajo, en el valle, tenían la decencia de llamarse aldea. No necesitaba apenas alimentos, ya que sus pocos animales y su pequeño huerto le proporcionaban más que suficiente para su frugal subsistencia. Y el bosque cercano le permitía disponer de suficiente combustible para sobrevivir durante los inviernos sin morir congelado. No obstante, sí necesitaba otras cosas, que a él le resultaban imprescindibles: aceite para la lámpara, tinta para su pluma y hojas de papel. Éstos últimos no eran de muy buena calidad, pero la importancia de sus descubrimientos era tal, a sus ojos, que lo de menos era si la tinta era buena o el papel demasiado rugoso y oscuro.

Llevaba los últimos treinta y siete años de su vida en aquella cabaña, entre libros, algunos ya polvorientos y de cubiertas desvencijadas desde el primer día, otros con sus lomos malogrados debido al intenso uso que de ellos hacía. Había tenido esposa, y a veces aún pensaba en ella, pero algo se la llevó, de la noche a la mañana. No le cabía la menor duda de que a él le ocurriría lo mismo. Dejó de ser el pobre ignorante que siempre fue. Ahora sabía cosas, conocía su destino y qué era aquello a lo que se enfrentaría. Pero sabía aún más... a veces pensaba que demasiado para su viejo corazón y su alma atormentada.

En su memoria, ella era aún hermosa. ¡Dios, cómo la había amado! ¡Y qué doloroso fue para él seguir viviendo! Fue entonces cuando se alejó de todo cuanto poseía, que no era mucho, y decidió ir hacia el éste, al encuentro de su destino. Más tarde se dio cuenta de que no podía resignarse, no podía simplemente darse por vencido. Lucharía. Pero para ello necesitaba saber. Y en el último vestigio de civilización que encontró, tras un largo y pesado viaje, al borde del mundo conocido, construyó su cabaña, y poco a poco comenzó su vida de nuevo.

En momentos como éste, cuando pensaba en cómo empezó todo, se sorprendía de cuánto había aprendido; y se estremecía al intentar imaginar cuánto hay de oculto al ser humano.

Por poco tiempo. Desvelar los misterios ocultos era su misión. Incluso en ciertos momentos se sentía el elegido. Gran parte de la maldad brutal que hacía a veces del mundo un lugar infecto, una antesala al infierno del alma, le estaba siendo revelada a través de sus estudios. Todo había quedado registrado en sus múltiples libros de notas, con caligrafía cuidada, que él mismo construía engarzando montones desiguales de aquel papel áspero, con la ayuda de hilos de lana que también él se encargaba de hilar. Allí había anotado todo, metódico como era: narraba las causas y efectos terribles del mal, sus orígenes, su culpa en el pecado original y en toda la putrefacción que el alma humana era capaz de crear; pero también describía los antídotos, las opciones que aún le quedaban al hombre, en ausencia del inexistente Dios misericordioso que todo pobre desgraciado cree tener a su lado, de aquel Dios que perdió su omnipotencia ante el ominoso poder total del mal puro. Ésa era la tarea para la cuál el pobre viejo se creía elegido, la razón por la que una vez fue engendrado, y algún día había de morir. Solo él podía salvar al mundo.

Sin embargo, su obra estaba incompleta. Quedaba poco para finalizar, pero el tiempo corría en su contra. Y a veces sentía cómo aquella terrible presencia se acercaba más y más. Le estaba buscando, le rastreaba a lo largo y ancho del espacio infinito y a través de los eones. Y el viejo sabía que al final le encontraría. Era cierto que hacía tiempo que ese mal primigenio ya no le asustaba. Pero temblaba ante el hecho de dejar su obra inconclusa. Había demasiado en juego. No solo su cordura, ni siquiera su alma: estaba en juego la salvación del propio Universo.

Un brusco descenso de la luz de la llama le sacó de sus pensamientos. El aceite se estaba acabando a marchas forzadas. No obstante, el descenso en la iluminación fue similar al que se produce cuando la llama fluctúa por el soplo de una brisa ligera. Claro que dentro de la cabaña no existían corrientes de aire. Y la llama estaba a cubierto.

Quizá debería apagar la luz y volver a la cama. Sí, eso sería lo mejor. Comenzaba a tener sueño. Era extraño que no hubiese luz alguna en el exterior, pero de ahí a pensar en algo sobrenatural había un trecho. Acercó la mano a la llave de la lámpara.

Algo pareció moverse fuera de la casa. Hubiese dicho que era una sombra, pero sin luz alguna no se atrevía a usar ese nombre. En realidad, lo que fuese lo había visto por el rabillo del ojo. Era muy probable que fuese su imaginación. Demasiadas pocas horas de sueño. No obstante, algo le impulsaba a mirar de nuevo por la ventana. Sin pensarlo siquiera, abandonó su lámpara y se echó sobre los hombros la manta que cubría la cama. Y justo cuando aproximaba su cara al sucio vidrio enmarcado, quizá por la poca cantidad de aceite que aún quedaba, quizá por otra razón, la lámpara se apagó.

En ese momento se quedó petrificado. Era uno de aquellos momentos en que un alma, débil por su propia naturaleza, queda extasiada de un cúmulo de horrores. Su mente quedó embotada por completo por un miedo irracional al vacío del espíritu que despacio, muy despacio, comenzaba a percibir. Sabía que quizá eran temores de viejo, pero hubiera jurado que la luz de la lámpara había esperado a que él se acercase a la ventana para extinguirse y dejarle sumido en la más absoluta oscuridad. La ausencia de luz en el exterior hizo que la negrura de su entorno fuera completa. Creyó quedarse ciego.

Sin embargo, el no poder ver acentuó en cierta medida el resto de sus sentidos. Al acercar su mano al cristal, sintió un frío tan intenso que le hizo apartarla como si un rayo de hielo le hubiese alcanzado. Del mismo modo, comenzó a escuchar un ligero murmullo, que parecía ser el viento soplando en el exterior de la cabaña. No obstante, algo extraño se mecía en ese leve murmullo. Notaba una cierta cadencia, una curiosa modulación, un pausado ritmo apenas perceptible.

De repente, una ligera brisa helada pareció recorrer la habitación. Al mismo tiempo, comenzó a notar cómo aquella modulación se transformaba en un susurro. Un susurro apenas audible que le destrozó el alma cuando comprendió lo que decía: «Samuel, Samuel».

El pobre viejo cayó de rodillas, aterrorizado. El horrible fin, tanto tiempo esperado, había llegado. ¿Es que todo iba a acabar ahí? ¿Iba a quedar su obra inconclusa? ¿Tan macabro era su destino, que había esperado tanto años retorciendo su voluntad, destrozando su espíritu, para ahora dejarle sufrir en sus últimos momentos a la vista de tan absurda existencia? ¿Era aquello el presagio del triunfo definitivo del mal en el cosmos, de manera que éste se regodeaba salvajemente de las inútiles acciones de los pobres seres mortales?

Con la razón quebrada, el viejo rompió a reír. Era la risa desesperada de aquél que observa inútil lo inexorable del destino. La risa demente de quién creyó un día comprender el Universo, y se siente devorado por él en un instante de agonía. Enajenado, cada vez sentía más alto en sus oídos, más dentro de su cabeza, la llamada de aquello que por fin le había encontrado: «¡Samuel, Samuel!».

Pero no iba a acabar todo así. Sus días no terminarían con él sumido en una locura insana. Sabía demasiado. Y pagaría por su terrible osadía. La luz de la lámpara se encendió de nuevo, y mientras su luz crecía y crecía hasta que la llama llenó por completo el espacio dentro del cristal envejecido, una sombra de la más absoluta negrura se acercó al viejo, y le sumió en el olvido total, a la vez que se oía: «Samuel, bienvenido».

A la mañana siguiente, después de una noche extraordinaria por su oscuridad y su cielo vacío de estrellas, la gente del pueblo se acercó a la aún humeante cabaña del viejo huraño del bosque. Habían visto luz durante la noche, temiendo lo peor, pero nadie jamás habría osado aventurarse a salir durante la noche de Walpurgis. Era un pueblo viejo, casi tanto como el mundo, y sus gentes sabían que muchas cosas, aún sin comprenderlas, eran de temer.

En la cabaña se encontró el cadáver carbonizado del viejo, envuelto en su manta, que se mantenía adherida a su carne, con una mueca extraña, mezcla de risa y miedo, en lo que aún le quedaba de cara. Nada más en la habitación, salvo una cama, una lámpara de aceite volcada, y montones de libros y papeles sueltos, todos reducidos a oscuras cenizas volátiles.

# *La fuga*

Has venido. Temí que al final todo hubiera sido una farsa, que todos estos años esperando no hubieran servido de nada. Pero pasa, cierra la puerta y siéntate. Acerca aquel sillón a la chimenea, siéntate frente a mí, y deja que te cuente una historia. Mi historia. Hace frío fuera, mucho frío. Una noche como ésta lo mejor es quedarse en casa, observando cómo las llamas consumen la leña, cómo crepita el fuego, cómo la madera se convierte en brasas y luego en cenizas. Como nuestras vidas.

Acércate, pero antes de sentarte, haz el favor de ponerme una copa de Oporto, de aquella botella negra que está sobre esa mesita. Sírvete tú otra si quieres, aunque no creo que te convenga. Éste es el único capricho que me doy de vez en cuando. Cuando uno ha sufrido lo que yo he sufrido, cuando uno ha vivido lo que yo, estas pequeñas cosas son lo que le dan la vida. O al menos le atan a este mundo. Pero tú ya sabes de eso más que yo.

Aquella noche me fui pronto a la cama. Mi madre, que en paz descanse, me había leído un cuento para dormir, pero yo estaba más excitado que de costumbre. Creo que se debía a lo que Bieito, mi amigo y vecino por entonces, me había contado acerca de aquella noche. Y es que era la noche de Halloween. Aunque tú eso ya lo sabes.

Bieito me había contado que era la noche de las brujas. Yo hasta entonces no tenía ni idea de que aquella noche fuera especial. Sí, sabía que era la noche de los muertos, pero eso para mí sólo significaba que era mejor no acercarse por los cementerios. Si uno tenía mala suerte, se podía encontrar con algún esqueleto, o algún fantasma, o ¡qué se yo! De niño todo es imaginación y temores vagos, pero por el hecho de no concretarse se hacen aún más terribles. Bieito no escatimó en detalles para conseguir asustarme. Me habló de muertos que vuelven a la vida andan por los callejones oscuros. Me contó historias de espíritus que vagaban por el campo, de brujas que volaban en sus escobas, oteando desde lo alto para cazar niños que meter en sus calderos. Y me susurró la historia de la santa compaña, que atravesaba los bosques que unían nuestras aldeas, y que quien se cruzaba con ella estaba obligada a seguirla y a no volver nunca más con los vivos.

Así que aquella noche yo estaba demasiado alerta como para dormirme. Cada ruido de la casa, cada crujido en la madera, cada ulular de las lechuzas conseguía que mi pequeño corazón diera un vuelco, y que cerrase muy fuerte los ojos y me cubriese hasta la cabeza con las mantas.

De pronto, una de las veces que reuní el valor suficiente como para mirar por encima de las sábanas, noté como un tenue resplandor iluminaba mi habitación. El resplandor, anaranjado, casi rojizo, curiosamente no provenía de la ventana. Por ella entraba la luz de la Luna, pues era noche de Luna llena. Pero no era la pálida luz lunar la que me sorprendió, sino la claridad encarnada que parecía salir de dentro del armario de mi cuarto, que tenía la puerta ligeramente entreabierta.

Supongo que fue la curiosidad, aunque ahora la llamaría temeridad, la que hizo que mi yo de diez años saltase de la cama con los pies descalzos, sobre un suelo de terrazo helado, y se acercase al armario, hacia aquel fulgor extraño. Al acercarme, noté que las piernas me temblaban, y los brazos, pero era de frío, no de temor. Llegué a la puerta del armario y la abrí lentamente. No sé qué esperaba encontrar allí. En realidad, no creo que esperase nada en particular. Pero sí recuerdo que me sorprendió lo que vi. Pues ante mí, en lugar de perchas con mis camisolas y pantalones, y los tres cajones con mis mudas, calcetines y camisetas, me encontré con unas escaleras que bajaban, poco a poco, a lo largo de un túnel que parecía excavado en la roca. A intervalos había en la pared de aquella especie de cueva una serie de faroles encendidos, con llamas anaranjadas, que era de donde provenía la luz que iluminaba el descenso. Me paré un momento a escuchar en la noche, y no oyendo nada de particular, sin mirar atrás, me introduje en el armario y posé mi pie descalzo en el primer escalón.

Sin cerrar la puerta del armario comencé a descender. La piedra estaba fría y ligeramente húmeda, pero no resbalaba. No había pasamano donde agarrarse, pero el túnel era lo suficientemente estrecho como para poner ambas manos en las paredes laterales. No era un túnel circular, pero el techo formaba un arco de medio punto. Las paredes y el techo mostraban los golpes del cincel en la piedra; no así los escalones, que parecían finamente pulidos.

No sé cuántos escalones bajé, pero fueron varias decenas. Al final el túnel se acabó, no hubo más escalones, y aquel descenso terminó en una abertura que daba paso a una verde pradera. Salí al campo, donde la hierba estaba húmeda bajo mis pies y la luz de la Luna formaba sombras móviles tras cada matorral. Unos pasos más allá comenzaba un bosque. El bosque que se encontraba a las afueras de mi aldea. En un momento, creí saber dónde estaba, y miré hacia atrás para entender de qué manera una escalera como aquella podría haber sido construida desde aquel lugar hasta mi casa, hasta mi habitación. Pero se había desvanecido. No vi más que arbustos y árboles sueltos detrás de mí. Ni rastro de los escalones, el túnel o la luz de los faroles. Solamente una mortecina luz amarillenta lo bañaba todo.

Sin saber por qué, volví a mirar hacia el bosque y me dirigí a él. No sentía inquietud ninguna, ni miedo, y el frío había pasado a ser parte de mí. De pronto me pareció oír algo, me detuve y olfateé el aire, cerré los ojos, y allí estaba. Una música provenía de lo más profundo del bosque. Me acerqué a los primeros árboles de aquella espesura. Allí, la hierba fresca del calvero comenzaba a tornarse en fría hojarasca mojada y sucia por el moho y el fango que bajo ella se formaba. Y sin pensármelo dos veces, comencé a caminar entre los árboles en busca de aquella música.

Era una música triste, pausada. Me recordó a música de entierro. Pero tenía a la vez una textura y una cadencia que transmitía paz, serenidad. Unos minutos después, comencé a vislumbrar un ligero resplandor, entre los robles y las sabinas. Y al fin lo vi. Una larga fila de personas, todas vestidas con unas ropas oscuras, que parecían andrajos. Todos llevaban cubierta la cabeza con un capuchón que parecía parte de su ropa, y cada figura llevaba una antigua linterna de aceite colgada al extremo de una estaca, y que alumbraba el camino delante de ellos. Al frente, una figura pequeña, también vestida de negro, llevaba una estaca, esta vez con un gran farol. La figura, tal vez un niño, parecía llevar la estaca con dificultad, quizá debido al peso de aquel, o a su baja estatura en comparación con la estaca. Todos iban descalzos, y parecían caminar acompañando la música.

Sin saber por qué, una profunda tristeza me invadió. Sentí que mi alma se desgarraba, que el peso del universo entero lo soportaban mis hombros, que me fallaban las piernas. Mis rodillas, temblorosas, se rindieron y caí a cuatro patas en el suelo fangoso. Las lágrimas asomaron en mis ojos, y se vertieron por mis mejillas. Y sentí una angustia en el pecho que me hizo sollozar y lanzar un gemido de dolor.

En ese momento, la música cesó. Las figuras miraron en mi dirección, y la silueta que encabezaba la comitiva golpeó con furia el terreno frente a él con la estaca que llevaba en la mano. El suelo retumbó como en un terremoto, y el resto de figuras comenzaron a lanzar chillidos terribles, y a correr hacia donde yo me encontraba. Creí que el corazón se me paraba, un terror indecible recorrió mi cuerpo, y tras un par de segundos en los que el pánico me mantuvo encadenado al suelo, me levanté y eché a correr.

Las lágrimas que aún cubrían mis ojos no me dejaban ver con claridad, así que corría con la sensación de que en cualquier momento me daría de bruces con un árbol, o caería en un frondoso matorral, y los seres que venían dando aullidos pavorosos tras de mí me darían caza. Sus gritos me helaban la sangre, a la vez que mis oídos se sentían cada vez más embotados por los latidos de mi corazón desbocado en mis sienes. Vislumbré la salida del bosque, aunque no era el mismo lugar por el que había entrado. Aquella era la finca del tío Goio, lo reconocía por el lindero de piedras. Me lancé hacia uno de sus campos, donde solían pastar sus vacas, aunque ahora estaba todo desierto. Oía los chillidos de aquellos espíritus, o demonios, o sabe Dios qué eran, cada vez más cerca, y de fondo comencé a escuchar un bramido profundo, terrible. No sé por qué, pero aquello me hizo pensar en aquella menuda figura que llevaba el farol.

Creí que era un niño, pero debía ser uno de los más terribles monstruos salidos del abismo.

Seguía corriendo, con los pies congelados y cada vez más doloridos, y me encontré con un pequeño cobertizo donde el tío Goio guardaba algunos de los aperos más pequeños. Abrí la puerta, y me encontré de repente con las mismas escaleras que había bajado, esta vez de subida. Así que, sin pensarlo dos veces, comencé a subir, cerrando antes la puerta tras de mí, y rezando para que aquellas cosas no pudiesen abrirla. Comencé a subir, pero mis pies comenzaban a fallarme. Vislumbré, a la luz de los farolillos que colgaban de las paredes, lo que esperaba que fuese la puerta del armario de mi habitación. Pero tenía que forzarme a subir, apoyándome en las paredes con las manos, casi exhausto. Cuando faltaban diez o doce escalones para llegar a la puerta de arriba, sentí como aquellas bestias abrían la puerta de abajo, y cómo un viento helado me empujaba hacia la entrada, donde ellos se encontraban. Sus aullidos, el ruido de sus pasos subiendo por la escalera, nublaron mi mente y no sé cómo pude alcanzar la puerta. Sí recuerdo cómo, al abrirla, me encontré de nuevo en mi habitación. Recuerdo también cerrar la puerta del armario, echar la llave, y correr a mi cama. Me metí bajo las mantas, llorando de puro terror, esperando el momento en que la puerta del armario fallase ante el tumulto de aquella horda infernal que venía a por mí.

Eso es lo que recuerdo. Quería contártelo. Aunque quizá tú ya conocieses la historia. Durante mucho tiempo pensé que había sido un sueño, o al menos un sueño a medias. Quizá sí había salido a la calle, por la parte de atrás de la casa, en plena noche, en sueños. Porque, al fin y al cabo, mi pijama, mis pies, toda mi cama estaba llena de barro a la mañana siguiente. Pero no pude quitarme de la cabeza que en realidad aquello lo había vivido. Sobre todo, cuando me enteré de tu muerte a la mañana siguiente. Mi madre me lo dijo, compungida, mientras desayunábamos. "Bieito se ha ido al cielo esta noche, cariño", me dijo. Yo la miré, y supe entonces que aquello que había visto era tu funeral. Montones de almas acompañándote al otro mundo. Tú eras aquella figura encabezando la comitiva. Y también sé que al haberte visto debería haberte acompañado. Debí quedarme contigo, con vosotros. Es la ley. Pero la infringí, y escapé.

He estado todos estos años esperándote. Mírame, ahora soy viejo y estoy cansado. Siempre me ha costado dormir, siempre desde aquella noche. Y estoy agotado. No sé por qué no has venido antes, pero te lo agradezco. He tenido una vida solitaria, pero he disfrutado cada minuto. Por mí y por ti.

Pero mírate. Sigues igual que entonces. Ni una arruga, ni una cana. Y con tus pantalones cortos de siempre. Me alegro de verte, amigo. Especialmente en esta fría noche. El aniversario de tu partida. Y de mi fuga.

Dame mi farol, y vámonos.

# La presencia

Al salir del garaje por la mañana para llevar a los chicos al colegio eché un rápido vistazo a la decoración del pequeño jardín que teníamos en la entrada de la casa. Había quedado fantástico. Siempre me da una pereza terrible colocar los adornos, ya sean navideños o de Halloween, como esta vez, aunque reconozco que el resultado merece la pena. Además, este año mi mujer nos sorprendió con la compra de unas figuras de espantajos, de medio metro de alto cada una. Goblins, trasgos o pequeños demonios, no sabía bien qué eran, pero lo cierto es que daban miedo, y ocultos entre las pocas plantas junto al ambiente otoñal del jardín resultaban en una estampa bastante perturbadora. Con las luces que tenía instaladas, esa noche, la noche de los muertos, más de uno se llevaría un buen susto.

Al llegar, por la tarde, ya de noche, me di cuenta de que la puerta del sótano garaje al final de la rampa no había quedado cerrada del todo al irme. Maldita puerta, tenía pendiente llamar a los instaladores, porque en los últimos tiempos a veces no llegaba a cerrar del todo. También observé que una de las figuras nuevas del jardín había desaparecido. Eso no me extrañó: ahora anochecía ya pronto. Cualquier pillo podía colarse aprovechando la oscuridad y llevarse en un suspiro la más cercana a la valla exterior.

Metí el coche en el garaje. Fue entonces cuando descubrí que la puerta de acceso del garaje a la vivienda estaba abierta de par en par. «Maldita sea», pensé, recordando el portón del garaje a medio cerrar, «los chicos se la debieron dejar abierta esta mañana. Espero que no se haya colado ningún gato». Odio los gatos.

Accedí por la puerta abierta a la vivienda y subí las escaleras hasta la planta baja. En el mismo momento en que subía el último escalón escuché un leve ruido en la planta superior, donde se hallaban los dormitorios. Se suponía que estaba solo en casa, así que pensé que sería algún crujido de un mueble o algo así. Pero al dar un par de pasos oí de nuevo movimiento en el piso de arriba. «¡Hola!», dije en voz alta. De inmediato me sentí ridículo. Sin embargo, recordé el hueco del portón y la puerta del garaje abierta. Un gato. Seguro. Así que subí la escalera despacio, esperando que de un momento a otro un pequeño felino asustado saliese corriendo despavorido de algún escondrijo.

Nada. Ni nadie. Todas las habitaciones vacías. Me quedé mucho más tranquilo, por supuesto. Al fin y al cabo, todo habían sido ruidos normales de una casa con suelos de madera.

Aquella tarde fue extraña. Los chicos llegaron a casa con mi mujer, que los había llevado al dentista, cerca de la hora de cenar. Después del postre, se disfrazaron y salieron a dar una vuelta por el barrio con algunos amigos del cole. Mientras hacía la cena no dejé de escuchar, o de imaginar que escuchaba, movimientos leves, casi silenciosos, en la planta de arriba. Durante la cena dejé de oírlos. Pero cuando mi mujer, que se apunta a cualquier fiesta, y mis hijos salieron a hacer la ronda vestidos de zombis, y me quedé solo en casa, volví a percibir movimientos furtivos arriba. Era como si algo se moviese de una habitación a otra, algo que paraba en cuanto intentaba aguzar el oído. Por supuesto, estaba solo en casa, y lo que me molestaba era ser consciente de aquellos sonidos, que no me dejaban tranquilo.

Nos acostamos pronto para ser la noche de Halloween. Tardé mucho en dormirme, y cuando por fin lo conseguí, mis sueños fueron inquietos. Una y otra vez me encontré vagando por una infinidad de habitaciones, mientras la percepción de una presencia acechándome me atormentaba. Y cada vez volvía a despertarme en el momento en que, en mis sueños, sentía que estaba a punto de encontrar esa presencia.

Hasta que me desperté con un sobresalto mayor al de otras ocasiones. La habitación estaba en penumbra, quizá más que otras noches. Alargué la mano para tocar a mi esposa. En su lugar, noté la sábana empapada en un líquido caliente y viscoso, al mismo tiempo que un extraño olor me alcanzó como una bofetada. Con el pulso de repente martilleando en mis sienes y mi corazón desbocado traté de incorporarme.

Fue entonces cuando, en la lobreguez del dormitorio, pude ver una figura oscura, tenebrosa, como de medio metro de alto, plantada cerca de la puerta. Sus ojos fulguraban con una luz insana. Emitió un sonido horrible, la profanación de una carcajada, que evocó en mi mente la imagen de mil demonios aullando, y comenzó a acercarse a mí.

# AGRADECIMIENTOS

Quisiera dar las gracias a todos los que me han alentado durante estos años a seguir escribiendo. En particular, a todos los amigos del Taller Literario de @Vuelodelcometa, y a nuestro capitán y maestro, Álvaro Aparicio, sin cuya ayuda, enseñanzas y aliento este libro no existiría.

También quiero dar las gracias a todos los oyentes del podcast *Cuentos del bosque oscuro*, sobre todo a aquellos colegas con los que más interacciono, principalmente en Twitter, y que ya tengo por amigos. De ellos, estoy muy agradecido en particular a los que han depositado en mí su confianza para leer sus relatos y grabarlos para difundirlos a través de las ondas. Mi memoria es terrible, y temo que me dejaría algunos en el tintero, así que no intentaré nombrarlos. Ellos saben quiénes son.

Finalmente, gracias a mi mujer y a mis hijos, por aguantar y tolerar con risas mis desvaríos de abuelo, mis interminables puestas en contexto y mis historias sin fin. Son geniales.

## ACERCA DEL AUTOR

J. C. González es astrofísico por la UCM, habiendo formado parte de varios equipos de investigación en el ámbito de los rayos cósmicos por el Departamento de Física Atómica de dicha universidad, así como en el Instituto Max Planck de Física de Múnich. Lleva desde los dieciocho años en el campo del desarrollo de software. Durante más de veinte años ha trabajado en proyectos para la Agencia Espacial Europea y para la misión Euclid. Actualmente es científico investigador en el Instituto Max Planck de Física del Plasma, en Garching bei München, Alemania.

Sus intereses son múltiples: desde el desarrollo de software de alta criticidad y elevadas prestaciones, métodos de análisis estadístico, pasando por su pasión por la astrofísica, la física teórica, la topología, los sistemas complejos y caóticos, hasta la antropología, la historia de las religiones y corrientes de pensamiento, y la psicología social y cultural. Lo que le mueve es la necesidad de aprender cosas nuevas.

También es el creador, editor, locutor y chico para todo del podcast de relatos de terror, fantasía y ciencia ficción Cuentos del bosque oscuro, disponible desde Ivoox, Spotify, Apple Podcasts y varias plataformas de curación de podcasts (https://go.ivoox.com/sq/1131024).

En sus ratos libres escribe, lee, pinta, o hace pequeños trabajos de carpintería, o simplemente pasa el rato con juegos de mesa con su mujer y sus hijos.

*Esta antología fue completada y maquetada en
Neufahrn bei Freising, Alemania, en abril de 2023.*

9 788840 950469 5